Le chien de Schrödinger

DU MÊME AUTEUR

Tant qu'il reste des îles, Les Avrils, 2021.

MARTIN DUMONT

Le chien de Schrödinger

ROMAN

J'AI LU

À ma mère

Il y a eu des philosophes grandement renommés
– comme Schopenhauer – qui ont déclaré
que notre monde était extrêmement mal fait
et triste, et d'autres – comme Leibniz –
qui l'ont trouvé le meilleur des mondes possibles.

Erwin SCHRÖDINGER

PARTIE I

1

Il y a quelqu'un derrière le mur.

Je ne crois pas que je dormais. Je somnolais, peut-être. Je suis allongé sur le dos, je n'ai pas ouvert les yeux.

Le parquet grince, on s'approche lentement de la chambre. Je ne suis pas sûr. Peut-être que je rêve encore.

Les pas s'éloignent vers la cuisine. Les secondes s'égrènent et je ne perçois plus le moindre son.

Et si ce n'était pas Pierre ?

C'est possible, après tout ; il pourrait s'agir d'un cambrioleur. Un type habile et bien entraîné – je n'ai pas relevé de bruit particulier. Il aura crocheté la serrure puis ouvert doucement.

C'est facile de vérifier. Je me lève et je vais voir. Je peux même me contenter d'appeler : Pierre répondra s'il m'entend. Le voleur, lui, prendra plutôt la fuite. Dans les deux cas, je dissipe le doute.

Pour savoir, il me suffit d'agir.

Alors pourquoi est-ce que je reste là ?

C'est étrange, cette impression ; j'ai le sentiment que je gâcherais tout. Parce qu'il y a un équilibre. Au fond, c'est presque un jeu : derrière le mur, il y a quelqu'un qui marche. Ce n'est pas Pierre, ce n'est pas un cambrioleur ; c'est comme s'ils se superposaient. Oui, c'est ça. Tant que je ne m'en assure pas, c'est un peu des deux.

2

J'ai fini par me redresser. Mes réflexions me semblaient stupides. Peut-être que l'idée d'un cambrioleur avait fini par m'inquiéter, je ne sais pas. Disons simplement que j'avais envie de voir mon fils.

Je suis sorti du lit et j'ai regardé l'heure. Je n'avais presque pas dormi. J'ai soupiré en pensant que je le payerai en fin de nuit.

En sortant de la chambre, j'ai aperçu Pierre. Il s'installait sur le balcon. Il avait posé des gâteaux et un verre de lait sur la petite table en fer.

Pierre a vingt ans, il ne manque jamais un seul goûter. Quand je lui fais remarquer, il hausse les épaules en souriant.

Je me suis servi un café dans la cuisine – je déteste le lait. Les biscuits, j'ai toujours aimé ça, mais lui mange des trucs trop sucrés pour moi. Le temps de le rejoindre, il avait déjà fini la moitié du paquet.

« Salut papa. »

Il m'a souri, un gâteau entre les dents, puis il m'a demandé comment s'était passée ma journée.

Le matin, j'avais chargé plusieurs clients à l'aéroport. Direction le centre-ville. La plupart n'avaient pas lâché leur téléphone ; les autres avaient dormi, tête appuyée contre la vitre. Je ne suis plus surpris de les entendre ronfler à peine installés sur la banquette. En début d'après-midi, j'étais rentré et je m'étais couché.

Ce n'était pas intéressant, alors j'ai simplement répondu « bien » et je lui ai retourné la question.

Pierre est étudiant, en troisième année de biologie. Il m'a détaillé son emploi du temps. Après le déjeuner, il est allé au club théâtre. Je dis « club », c'est pour marquer la distinction. Pierre ne va jamais voir de spectacles, il préfère jouer. C'est comme ça depuis qu'il est petit.

Il y a passé l'après-midi. Je ne comprends pas pourquoi il n'a jamais cours. Quelquefois, je demande des explications mais il se braque. Il dit que je ne suis jamais allé à l'université. « Tu ne peux pas comprendre. »

Sa troupe prépare une nouvelle représentation. « Une œuvre originale », il précise. Il en est l'auteur.

Pierre aime beaucoup écrire. Je ne sais plus de quand ça date. Plus jeune, il remplissait des carnets entiers.

Il me parle de la pièce et je hoche la tête parce qu'il m'a déjà raconté dix fois l'intrigue. Il a les yeux qui brillent quand il récite les scènes. La révolte, l'amitié, la peur et la justice. L'amour aussi. Il y a de tout dans son machin.

« Tu vois, papa ? Tu devrais la lire ! »

Je n'ai aucune excuse. Il m'a imprimé le texte le mois dernier. J'ai promis et, depuis, il est posé sur ma table de nuit.

Il me décrit les répétitions. Il joue de ses mains, s'accompagne de mouvements exagérés. Il rit un peu mais son visage se durcit lorsqu'il évoque les premiers rôles – un couple, si j'ai bien compris.

« Il est pas au niveau, le type. »

La fille, par contre ; un talent monstre. Il la voit déjà au cinéma. Je la devine jolie : cheveux longs, sourire d'ange, bonne élève. Mon Pierrot tombe toujours amoureux des premières de sa classe.

Je le pensais lancé sur elle, mais voilà qu'il repique sur le comédien. Cette fois, c'est plus virulent. Mauvaise diction, jeu caricatural. La grosse tête avec ça.

« Il se prend pour une star ! »

Un sourire m'échappe. Pierre rougit. Il dit « Ouais, bon d'accord. Je suis jaloux », et il se met à rire.

Après ça, il débarrasse. Ses joues paraissent un peu creusées. C'est comme s'il était fatigué tout à coup, légèrement fébrile. Je demande et il dit que non, que tout va bien. « C'est presque le week-end. C'est normal d'être un peu crevé. » Je n'insiste pas.

On est jeudi, alors il sort. Je n'ai même pas demandé. C'est la même chose toutes les semaines, j'ai l'habitude.

Je prendrai le service à vingt-deux heures. En attendant, il y a James Bond à la télé. Un de ceux avec Roger Moore. La courgette humaine. Pierre rigole quand je dis ça.

J'ai fait réchauffer deux morceaux de quiche mais lui n'en prendra pas. Il mangera un sandwich en route. Il m'embrasse et enfile sa veste. « Je rentrerai tard, peut-être après toi. » Je ne dois pas m'inquiéter.

Quand il claque la porte, je me fige quelques secondes. Dans la cuisine, la quiche me toise à travers la porte vitrée du four. Tant pis. Je mangerai les deux parts.

3

Je crois que j'étais vraiment amoureux de Lucille. Dit comme ça, c'est bizarre. On était bien les premières années. C'est difficile de comprendre comment ça a pu si mal tourner.

Quand je l'ai rencontrée, elle avait déjà ce côté humanitaire. Elle était inscrite dans plusieurs associations, elle donnait un tas de fric. Contre la faim, la guerre, le sida. Le truc avec le panda aussi.

Ça m'énervait de voir leurs têtes satisfaites quand ils parvenaient à la faire signer. Prélèvement automatique, quinze euros par mois : les orphelins vous remercient. Je n'ai jamais aimé ces types. La culture de la culpabilité. « Regarde-moi dans les yeux quand je parle de la misère. » Ils ciblaient Lucille parce qu'elle était faible. Il n'y avait pas besoin de l'observer longtemps pour s'en rendre compte. Une minute dans les yeux, peut-être moins. Ça te revenait dessus comme un boomerang, une tristesse à fendre le béton.

Moi, j'avais envie de la prendre dans mes bras. Mais ces gars-là, penses-tu ; de vrais vautours. Pas une once de pudeur. Ils tournaient autour en salivant. « T'as vu celle-là, un peu à la traîne ? Il y a peut-être moyen d'en tirer quelque chose. »

Bon, d'accord, peut-être que je caricature. Avec Lucille, je me moquais gentiment. Je tançais sa naïveté parce que, quand même, ça me semblait prétentieux de vouloir changer le monde. Mais je l'ai toujours laissée faire. Elle aimait ça et c'est une passion comme une autre.

Je n'ai pas vu le moment où elle a basculé. Avec le recul, je me dis que j'aurais pu faire quelque chose. Au début, en tout cas, quand elle a commencé à m'échapper. Mais j'avais trop de boulot. Le môme, même à deux ans, il prenait encore une place terrible. D'ailleurs ce n'était pas aussi distinct. Je veux dire : elle avait toujours été comme ça. Fragile, trop sensible. Pas triste, non, mais mélancolique. Oui, j'aime bien ce mot. Mélancolique.

Les médecins ne l'ont pas dit pareil. « Une maladie. » Ça portait un nom dont je n'ai pas voulu me souvenir. Un souci dans la tête, quelque chose d'invisible en fin de compte. C'est frustrant parce qu'on a du mal à se l'imaginer.

Ce penchant pour le malheur, bien sûr que je l'avais senti. Ça lui venait toujours par phases, de longues périodes à soupirer. Je suis quand même tombé amoureux d'elle, parce qu'on ne contrôle pas tout. Peut-être que ça me plaisait de pouvoir l'aider.

Quand elle se mettait à déprimer, je faisais le clown. Parfois, elle souriait.

Les jours où ça allait bien, c'était un tel bonheur ; c'est impossible à expliquer. Je crois qu'il faut morfler pour profiter des bons moments. La naissance de Pierre, ça l'avait rendue tellement heureuse. Une si belle réussite. La preuve concrète que ça pouvait marcher.

En fait, j'ai toujours cru qu'on s'en sortirait. Peut-être que j'y crois encore. Ce n'était pas un gros problème. Ça faisait les montagnes russes, mais la vie c'est souvent ça. Quand on touchait le fond, on prenait appui et on poussait pour remonter. J'ai trouvé un tas de trucs dans la souffrance. Le malheur, il a sa place ; si tu encaisses, tu peux lui laisser un peu d'espace.

Quand Lucille s'est mise à fréquenter son groupe, je n'ai pas tout de suite saisi. Je ne voyais pas la différence. Ces associations, ça me semblait toujours plus ou moins la même histoire. Pierre était petit, j'ai pensé qu'elle avait besoin de liberté. J'étais persuadé qu'on en reviendrait, une fois encore.

J'avais tort.

Ça ne m'a pas choqué qu'elle arrête de manger du poisson. Elle n'aimait pas la viande. Ensuite les œufs, le lait, le miel. Elle parlait de la nature avec des yeux hallucinés. À l'époque, elle disait avoir été colombe dans une autre vie. Je ne pense pas qu'elle y croyait, mais elle y mettait du cœur. Enfin bon, ça reste du cirque et ça me faisait bien rigoler. Un jour qu'elle croquait une tomate, je lui ai dit qu'elle bouffait peut-être mon père. J'ai pris le fruit en pleine figure.

Elle est rentrée comme ça dans son cercle. Par ce biais-là, je veux dire. Mais c'était pas vraiment une histoire de légumes. Il y avait un type, il se faisait appeler Yalta. Ça tournait beaucoup autour de lui. J'ai vite compris pourquoi ils ne mangeaient rien, avec ce qu'ils s'envoyaient... Je n'ai jamais su ce que c'était. Un truc planant, sans aucun doute.

Ma Lucille au milieu. Je la vois d'ici, la proie facile. Elle a foncé tête baissée et c'était trop tard quand j'ai réalisé. Je l'ai quand même sortie du truc, parce que bon, faut pas déconner. Je me souviens du Yalta quand je lui ai écrasé mon poing sur le nez. Il pleurait comme un môme. Après un passage à la clinique, Lucille est revenue à la maison. J'ai fait tout ce que je pouvais, mais je l'avais déjà perdue.

4

Je suis sorti du parking en avance. Je n'ai pas mis la radio tout de suite. Il fallait d'abord se décider.

Toujours les mêmes questions. Filer à l'aéroport ? Les avions, c'est l'assurance de quelques courses. Bien sûr, il y a la queue, l'attente insupportable. Aller là-bas, c'est la garantie d'une soirée pénible. Mais la paye au bout est correcte et ça fait souvent la différence.

Je peux aussi marauder dans le centre. C'est quitte ou double. Les bons soirs, la recette est intéressante ; mais c'est trop aléatoire. Parfois la ville est vide et je tourne pendant des heures. Au fond, je me suis toujours demandé : est-ce qu'il y a un type qui décide pour tous les autres ? « Ce soir, les gars, on reste à la maison. » Pourquoi est-ce qu'il oublie toujours de nous mettre au courant ?

Le mieux, c'est sans doute de traîner devant les bars. Je peux très bien m'en contenter. Un peu plus tard, je pousserai jusqu'à la sortie des boîtes. C'est risqué – on m'a déjà vomi sur les cuirs – mais ça rapporte un peu. Et puis les jeunes ont aussi des qualités. Ils parlent, ils rient. Ils ont beau être saouls, ils font la conversation. C'est quand même plus agréable qu'un type au téléphone.

Je n'ai pas toujours fait ça. Taxi, je veux dire. Quand je suis arrivé, j'ai traîné sur les marchés. À l'époque, il y avait du boulot autour des étals. Je gagnais ma vie en déchargeant les marchandises. Il fallait venir très tôt pour s'assurer une place. Quelquefois, si le temps le permettait, je dormais là-bas. J'apportais un sac de couchage et je m'allongeais sous un porche. Ce n'était pas si désagréable ; il y avait souvent d'autres gars avec moi.

C'est comme ça que j'ai rencontré François. Un super type, toujours bienveillant. Il prenait des thermos de café et on partageait. La nuit, on veillait l'un sur l'autre pour ne pas se faire dépouiller. On dormait à tour de rôle. Le matin, le premier qui apercevait les marchands réveillait l'autre.

Avec le temps, les gens finissent par vous faire confiance. Deux, trois fois, j'ai remplacé des vendeurs. C'était dur et je ne crois pas que j'étais bon. Finalement, j'ai mis de côté et j'ai passé le permis parce que ça ouvrait des portes. J'ai été livreur ; c'était sympa, ça me plaisait d'être au volant, mais j'ai fini par quitter aussi ce boulot-là. Je ne supportais pas mon patron. Le genre de type à brailler sans cesse et à vous coller des horaires impossibles. Moi, je n'ai jamais admis qu'on puisse me crier dessus.

J'ai appris que certains taxis revendaient leur licence. François s'était bien renseigné, on a discuté de l'opportunité. Lui, il avait déjà emprunté l'argent pour commencer le plus vite possible. J'étais tenté et ce n'était pas si cher. Il n'y aurait personne pour me donner des ordres. J'ai laissé passer une semaine et je me suis lancé.

Je me souviens encore du jour où j'ai obtenu la licence. J'étais tellement fier. Lorsqu'on me l'a remise, j'ai tout de suite pensé à Pierre. Je voulais tellement lui montrer ça. Il était petit, il venait d'avoir quatre ans. La journée, je le laissais chez Mme Alves, une énorme nourrice portugaise qui gardait jusqu'à cinq enfants. Je passais le prendre vers dix-huit heures, à la fin du service de livraison. Ce soir-là, j'étais terriblement en retard. J'avais attendu longtemps pour récupérer la plaque, puis j'étais passé la faire fixer.

Quand j'ai sonné chez Mme Alves, il faisait nuit. Elle m'a ouvert. J'ai d'abord vu le soulagement sur son visage. Je ne lui ai pas laissé le temps de m'engueuler. J'ai pris sa main et je l'ai couverte de baisers. « Pardon, pardon, madame. » Je répétais ça et elle ne savait pas comment réagir. Puis j'ai aperçu Pierre juste derrière elle. Je me suis jeté sur lui. Il avait les yeux rougis – il avait dû beaucoup pleurer. Je l'ai soulevé pour l'emporter dans la rue. Je courais le long du trottoir, je sentais ses petites mains serrées sur mon cou. Quand on est arrivés en face de la voiture, je l'ai déposé à terre et je me suis agenouillé à ses côtés.

« Regarde, Pierrot. C'est à papa, ça. »

Il n'a rien répondu mais j'ai vu qu'il écarquillait les yeux. Je crois qu'il comprenait. Une chaleur est montée dans ma poitrine.

Je l'ai hissé sur le capot. De là, il avait le lumineux juste sous le nez. Il a souri et je jure que j'ai vu les quatre lettres se refléter dans ses pupilles brillantes.

TAXI.

Le début d'une nouvelle vie.

Après ça, on a passé plus de temps ensemble. Je choisissais mes horaires. La journée, je le prenais souvent à côté de moi dans la voiture. Ça amusait les clients de voir un gamin assis devant. Je ne sais pas si j'avais le droit, peu importe. Je n'ai jamais eu le moindre souci. Plus tard, il est entré à l'école et c'est devenu plus simple financièrement.

À mesure qu'il grandissait, j'ai pu le laisser quelques nuits tout seul. C'est là que j'ai commencé le travail nocturne. Je donnais les clefs à la voisine et elle passait vérifier que le môme dormait. Bosser la nuit, ça me permettait de le voir pendant la journée.

Aujourd'hui, quand je fatigue d'être assis seul dans mon taxi, j'essaye de me souvenir de ça.

5

J'ai fini par me diriger vers le centre. Va pour le hasard, l'attente me fatigue trop. Je ne peux plus passer mes soirées à l'arrêt dans une voiture. Une absurdité à vous rendre fou. Au moins quand on tourne, on regarde passer la ville ; c'est déjà ça de pris.

J'ai travaillé trois heures et j'ai laissé tomber. C'était une mauvaise soirée, je n'avais pas le courage de m'entêter. Je n'avais pas cumulé plus d'une heure de course – même pas de quoi couvrir mes frais. De dépit, je me suis juré de passer la semaine prochaine à l'aéroport. J'ai tourné à l'angle et il m'a semblé apercevoir une main levée. La fatigue me piquait les yeux, je n'étais pas sûr. J'ai appuyé sur l'accélérateur pour chasser le doute.

Dans l'appartement, Pierre dormait sur le canapé. La télé éclairait son visage blanc, une assiette de coquillettes était posée sur la table basse. J'ai souri en observant la scène

– une de ses grandes théories, cette histoire de pâtes. « Le meilleur moyen d'éviter la gueule de bois. »

J'ai ramassé la vaisselle et je l'ai secoué. Il a ouvert les yeux avec difficulté.

« Il est quelle heure ? »

Je lui ai tendu le cadran de ma montre. Il s'est concentré pour lire les chiffres puis il m'a dévisagé.

« T'es déjà rentré ?

— Ouais. J'en avais marre. »

Il a souri. Au fond, ça lui plaît que je renonce. Bientôt deux ans qu'il insiste pour que j'arrête. « Les nocturnes, c'est dangereux », « tu travailles trop » ; ce genre de choses. Moi, j'aime ça pourtant. La nuit, le temps est suspendu ; il y a moins de bruit, moins de circulation. Et puis le supplément sur le prix de la course, c'est quand même pas négligeable.

J'étais surpris de le trouver endormi ici. Je lui ai demandé à quelle heure il était rentré et il a haussé les épaules.

« Je ne sais pas, j'étais fatigué. »

Il a ajouté quelque chose au sujet d'un mal de ventre.

« L'alcool, non ? » j'ai dit pour me moquer.

Il a souri en jurant qu'il n'avait rien bu, puis il est allé dans sa chambre.

Il était trois heures passées de vingt minutes. Je n'avais pas la moindre chance de m'endormir. J'ai pris une bière dans le frigo et je me suis assis devant la télévision.

Le lendemain, je suis passé prendre Pierre à la sortie de la fac. Quand je suis arrivé, il discutait avec ses amis. J'ai klaxonné. Il a serré des mains et m'a rejoint. Après avoir chargé son sac, il est venu s'installer à ma droite. « C'est tout bon », il a dit. J'ai appuyé sur l'accélérateur et la voiture a bondi sur la route.

J'ai roulé vite. J'ai toujours aimé ça. J'étais pressé ; deux semaines qu'on parlait de ce week-end. Trois jours ensemble, tous les deux, avec la mer autour. Le temps file et ces moments sont rares. Je sais bien que c'est l'âge. Les fils grandissent en s'éloignant des pères ; c'est dans l'ordre des choses.

Après les bouchons périphériques, j'ai rejoint la voie rapide. Ça roulait bien. Pierre m'a souri, et j'ai demandé comment il allait. Il m'a dit qu'il était fatigué.

« Mais ravi d'être là ! »

Il m'a raconté sa journée puis il a dérivé vers le roman qu'il essaye d'écrire depuis des mois.

« Je touche au but. »

Il m'a parlé des reprises, des derniers détails à modifier. C'était presque terminé.

J'ai demandé, pour la suite. Il a gardé le silence, le regard rivé sur la route. Puis il m'a dit en clignant un œil : « Je vais l'envoyer à une maison d'édition et je vais gagner plein de prix. »

J'ai rigolé et lui aussi.

« Tu verras, tu verras. »

J'ai fait remarquer qu'il voulait devenir biologiste, mais il a haussé les épaules.

« L'un n'empêche pas l'autre. »

J'ai acquiescé parce que c'était sans doute vrai. Je ne me souvenais pas du moindre écrivain-biologiste, mais je n'y connaissais rien. Je me suis rappelé que Pierre parlait aussi de faire carrière dans le théâtre. Quand même, c'est quelque chose d'avoir vingt ans...

Nous avons discuté encore et la pluie s'est mise à tacher la route. Quelques rayons s'efforçaient de percer mais le front nuageux gagnait doucement l'horizon. J'ai actionné les essuie-glaces.

« Normalement, les prévisions sont bonnes. »

Pierre s'est tourné vers moi en riant.

« On sera mouillés de toute façon, non ? »

6

J'ai toujours aimé plonger. Je ne me rappelle plus quand ça a commencé. Mon père m'emmenait le soir après l'école ; on habitait face à la mer, c'était facile. Les premières fois, j'étais trop jeune, je restais en surface avec un masque. Je l'observais tourner en bas et ça me collait des vertiges pas possibles. Aujourd'hui, j'ai toujours la même impression. Plonger, c'est une chute, une chute fascinante. Une grisante perte d'équilibre.

Pierre a mordu tout de suite. Ça m'a fait plaisir la première fois. Mon père, moi, puis mon fils. Une transmission, le côté saga familiale. Plus tard, il s'était inscrit dans un club spécialisé. Il avait beaucoup progressé.

Il dit souvent que ça vient de là, son envie de biologie. Il parle de s'orienter vers l'étude des fonds marins. Je comprends, c'est sacrément beau là-dessous. C'est difficile à décrire correctement. Il faut y aller, se glisser dans les eaux sombres. Sans rire, ça retourne le cerveau. Souvent, on n'a pas envie de remonter. Il faut se méfier de l'euphorie.

Quand j'étais adolescent, on y allait tous les jours avec les copains. On descendait le plus profond possible pour épater les filles. On flirtait avec la ligne. Quand j'y repense, on était cons. Mais on s'en foutait, on n'était bien qu'en bas. Il y avait tout le temps des choses à découvrir. Les vieux du coin, ils nous appelaient les mulets parce qu'on traînait parfois dans le port. Ils nous gueulaient de sortir de là, que l'eau était dégueulasse. Je ne sais pas. On n'a jamais été malades et c'était joli aussi dans la rade. Moi, les bateaux, je les ai toujours trouvés plus beaux vus d'en dessous. Bon, c'est sûr qu'aujourd'hui je ne le referais pas. Quand on voit la merde qui traîne dans la flotte. À l'époque, c'était différent je crois.

Ça m'a beaucoup manqué quand je suis parti. La mer déjà, j'avais du mal à en être si loin. Et puis le silence. Je veux dire, quand je descendais, ce n'était pas seulement le fond que j'allais chercher. L'immensité, elle est aussi à l'intérieur. J'ai toujours aimé l'instant où le cœur s'efface. Le calme qui se diffuse jusque dans les muscles. C'est comme ça que j'étouffais la fureur du reste. La vie, mes angoisses – tout ce bruit à l'extérieur. Hors de l'eau, je n'ai jamais été vraiment à l'aise.

Un jour, j'ai expliqué ça à François et il m'a parlé de l'ivresse des profondeurs. J'ai détesté le mot. Ivresse. Ce n'était pas ça. Bien sûr, j'aime aussi me saouler parfois, mais quand on boit, la vitesse augmente. Le corps fonctionne à cent à l'heure. D'ailleurs, c'est bien ça qu'on va chercher, non ? Le feu sur le visage. Et dans les tripes aussi, pour aborder une femme. Sous l'eau, c'est l'inverse. Si on descend, c'est pour le calme. Peut-être qu'on devient fou, mais c'est jamais de l'ivresse. C'est de l'extase.

Bon, quand même, ça demande de l'entraînement. Je me souviens d'un jour, je devais avoir quatorze ans. Je traînais sur le port quand un scooter s'est arrêté à ma hauteur.

« C'est toi Jean ? C'est vrai que tu peux plonger jusqu'à dix mètres ?

— Je peux descendre plus.

— Dix mètres ça suffira. Monte. »

On a traversé trois villages et on s'est retrouvés sur le grand embarcadère. Il y avait une bande de types, ils devaient avoir une vingtaine d'années. L'un d'eux s'est approché. Il était livide.

« Tu peux descendre profond ?

— Jusqu'à vingt dans les bons jours.

— Et tu pourrais retrouver une pièce sous l'eau ? »

Là, j'ai un peu bloqué.

« Oui ou non ?! a demandé le type en s'énervant.

— Calme-toi, Félix. »

Un des autres gars avait posé une main sur son épaule. Le Félix en question s'est éloigné en maugréant. C'est l'autre qui m'a tout expliqué : ce n'était pas une pièce dont il était question.

Félix s'était marié la semaine d'avant.

« Une sacrée soirée », m'a précisé son copain en souriant.

Le lendemain, il s'était retrouvé avec une belle alliance au doigt. C'était celle de son grand-père. « Le truc symbolique, quoi. » La veille au soir, il était sorti avec ses copains, histoire de se prouver que rien n'avait changé. Ils avaient pris un bateau et ils avaient filé sur l'Île. Là, dans une crique, ils avaient bu jusqu'au lever du soleil.

« Une soirée classique. »

Le souci, c'était que, sans qu'on comprenne bien comment, Félix avait perdu son alliance dans l'eau. Comme ça, bêtement.

Je n'ai pas eu le temps de demander des détails. Ils ont eu l'air de décider que j'étais capable de la trouver. Je suis monté dans le Zodiac et on a foncé en direction de l'Île. Félix poussait le moteur au maximum, ça tapait contre les vagues. La mer était belle, pas trop formée, simplement une houle qui ondulait à la surface. J'ai fixé l'horizon et j'ai aperçu un triangle blanc se détacher de tout le bleu.

Dans la crique, il n'y avait pas de vent. J'ai pensé que c'était une bonne chose et je me suis concentré. C'était difficile de faire le vide avec tous ces types qui braillaient autour de moi. Le seul silencieux, c'était Félix. Il me regardait d'un air suppliant et j'ai souri en pensant qu'il avait peut-être la trouille de sa femme.

Ils m'avaient prêté des palmes alors j'ai atteint le fond du premier coup. Il n'y avait même pas dix mètres. Peut-être huit, à peine. Je me suis dit qu'ils étaient vraiment mauvais. Au sol, quelques touffes d'algues poussaient entre les grains de sable.

Je longeais le fond mais je ne voyais rien. L'or sur le sable, il n'y avait pas beaucoup d'espoir. Je suis remonté trois ou quatre fois et j'ai bien senti que ça les énervait de plus en plus. Alors je me suis mis à pousser sur mes apnées. Je collais ma tête contre le sol et ça montait doucement. Un sentiment de plénitude. Je devenais tout-puissant, intouchable, en contrôle sur le moindre de mes muscles. Cette osmose, c'est quelque chose d'indescriptible. À mesure que ça venait, j'ai eu envie de poursuivre un peu plus loin. Je pouvais bien les laisser là, eux, leur alliance et leur colère insignifiante.

C'est là que je l'ai vue. C'était un coup de bol parce que je ne la cherchais plus. Elle brillait dans la lumière. Je l'ai saisie et l'émotion a tout gâché. L'adrénaline m'a fait perdre l'équilibre ; mon cœur s'est remis à battre, à réclamer sa portion d'air. Mes muscles contractés ont donné un coup de palme et mon corps est remonté. Bon, j'ai quand même pris la pause avant de crever la surface. Le bras tendu, l'anneau coincé entre les doigts. Histoire de les impressionner un peu.

La suite, je ne m'en souviens pas. Les gars étaient si contents qu'ils ont voulu fêter ça. On est rentrés plus vite qu'on était venus. Félix a payé une dizaine de tournées et, à quinze heures, je vomissais déjà.

Pierre a calé sa tête contre la vitre et il s'est endormi. Dehors la pluie a cessé. Je me sens bien. Beaucoup de choses remontent en cet instant. Quand il était petit, je le mettais derrière moi, attaché au milieu de la banquette. Il restait éveillé tout le trajet ; impossible de le faire dormir.

J'en ai bavé avec lui. Le genre hyperactif, pas de siestes ni de temps morts. Voilà qu'aujourd'hui il ronfle après une demi-heure.

Finalement, c'est jamais tout à fait perdu.

7

Il nous a fallu quatre heures pour atteindre la côte. Ça a beau faire longtemps que j'ai déménagé, j'ai toujours du mal à vivre si loin de l'eau. Pierre n'a pas grandi comme moi, il n'a connu que la vie en ville. Il aime la mer, il l'adore même. Mais elle ne lui manque pas.

On passe souvent la première nuit chez les parents de Lucille. Ils habitent une maison sur la côte. C'est pratique et ça permet à Pierre de voir ses grands-parents.

Pour ma part, je n'ai jamais eu le moindre doute. Ces gens-là me détestent – il y a des choses que l'on sent. Une rancœur pareille, tu ne peux pas passer au travers. Je crois qu'ils me tiennent pour responsable. Pour leur fille, et pour le malheur en général.

Cette haine, ils ne se gênent pas pour l'afficher. La vieille surtout, une sacrée teigne. Quand Lucille est partie, j'ai bien cru qu'ils allaient m'arracher mon fils. Heureusement, la loi est bien faite. Ils n'ont pas pu me le prendre. Le juge l'a décrété d'un air las et j'étais sacrément content.

Après ça, on a calmé le jeu. Surtout pour Pierre. Au fond, je crois qu'il les aime bien. Il ne rechigne pas à passer chez eux. D'habitude, on dort une nuit et on s'en va ; mais quand il était plus jeune, je le laissais de temps à autre. C'était pénible, je ne tenais jamais longtemps. Je venais le chercher et ça me faisait du bien de voir leurs têtes quand il montait dans la voiture.

À peine arrivés, le chien s'est traîné vers nous. Je dis traîner mais c'est encore trop. C'est un vieil épagneul, quinze ans, sénile et à moitié sourd. Un morceau de poils qui crève à n'en plus finir. Il souffre ; faut être aveugle pour pas le voir. Je lui collerais bien un coup de fusil, mais j'ai peur que le vieux me descende après.

Au dîner, la vieille nous a servi du poulet. Elle ne parle presque jamais. C'est papi qui fait la conversation. Lui, c'est impossible de l'arrêter.

On attaquait le dessert et il s'est mis à raconter sa fille. Il ne peut pas s'en empêcher. Il retourne chaque fois la lame dans la plaie. Je vois bien que ça le bouffe aussi, mais rien à faire. Un jour que je le suppliais de se taire, il m'avait traité de monstre en m'accusant de salir sa mémoire. J'avais failli me jeter sur lui mais je m'étais retenu. Pour le môme, et pour Lucille aussi.

Il faut dire que Pierre, ça le dérange moins d'entendre ça. Il n'a pas vraiment connu sa mère. Je ne dis pas qu'il n'a pas souffert, c'est différent. Mais il peut écouter et je crois que ça lui plaît. Après le gâteau, j'ai pris mon verre et je suis sorti.

J'ai marché jusqu'à la plage. À vrai dire c'était plutôt une crique, un bazar de sable ; des roches plantées un peu partout. L'écume fouettait l'ensemble avec acharnement. J'ai écouté les vagues se fracasser. Je les voyais à peine. Une nuit sans lune était tombée, du pétrole sur l'horizon. J'ai inspiré l'odeur de la marée. J'ai compris à quel point ça me manquait, cette histoire d'embruns. J'ai pensé qu'un jour j'y reviendrai à toute cette flotte, puis j'ai soupiré. On dit tellement de choses. Le froid m'a rattrapé et j'ai croisé les bras contre mon torse.

À mon retour, j'ai constaté qu'ils avaient quitté la table. La vieille finissait de débarrasser. Je l'ai remerciée et je suis monté avec les sacs. En haut, Pierre vomissait dans les toilettes.

« Tout va bien ? » j'ai demandé.

La chasse d'eau s'est déclenchée. Je l'ai entendu déverrouiller la porte puis il est apparu, le teint blanchâtre. J'ai répété ma question. Il a hoché la tête : « Oui, ça va mieux. Je ne sais pas ce qui m'a pris, une soudaine envie de tout gerber.

— Faudra aller voir un médecin. »

Il s'est mis à plaisanter.

« Tu ne penses pas que c'est le repas de mamie plutôt ? »

J'ai insisté et il a fini par promettre. Comme son visage reprenait déjà des couleurs, je me suis senti soulagé. Il m'a souhaité bonne nuit et je l'ai regardé disparaître dans sa chambre.

On s'est levés à sept heures le lendemain. Pierre a grogné un peu quand je l'ai réveillé. Je suis descendu boire un café en l'attendant. Les vieux étaient debout ; lui lisait le journal du jour. Je me suis assis et je me suis servi une tasse. Le papi n'a pas levé les yeux. Je n'existais pas, c'était aussi bien.

Pierre nous a rejoints pour manger ses tartines. Il les trempait dans un bol de chocolat. Le vieux a posé son journal et nous a dévisagés. Il a demandé pourquoi on ne pêchait pas. « Avec une apnée pareille, c'est quand même pas croyable. » Il a ajouté que s'il avait pu plonger, il ne se serait pas gêné pour harponner un ou deux bars.

Pierre a souri parce que c'est chaque fois la même rengaine. Ça le dépasse, le grand-père, qu'on descende pour le plaisir. J'ai bien essayé une fois, mais le fusil me gêne. Et puis je n'aime pas le poisson. Je ne vois pas l'intérêt d'en remonter.

Pour Pierre, c'est autre chose. Il est « contre ». Il dit qu'on est là pour le spectacle, pas pour tout gâcher. Il s'enflamme et il me fait penser à Lucille. C'est toujours une drôle de sensation.

Il a tenu tête au grand-père. Il m'a même semblé qu'il le traitait de « bourrin », mais je ne suis pas sûr. En tout cas, le vieux a préféré abandonner.

On a quitté la maison une heure plus tard et on a roulé jusqu'au port. De là, on a embarqué sur un ferry en direction de l'Île. Quand j'ai chargé la voiture, ça m'a rappelé la première fois. Lucille avait vingt-cinq ans, elle était enceinte. C'était une bonne période, la grossesse lui allait bien. Je me souviens de sa tête lorsqu'elle a vu les bagnoles s'engouffrer dans le bateau. Bien sûr, elle avait déjà pris un ferry. Mais l'ancien, celui qui l'emmenait sur l'Île quand elle était enfant, il était bien plus petit. Il ne prenait que deux voitures sur le pont, garées au milieu des passagers.

C'est pour ça que le nouveau, ça l'avait beaucoup impressionnée. Il était grand, bien plus rapide. Il y avait un garage à l'intérieur, jusqu'à quinze véhicules par traversée. La porte s'ouvrait sur le côté – une grande plaque métallique qui se rabattait sur le ponton.

« On ne va pas couler ? »

Elle m'avait demandé ça d'une voix intimidée. J'avais ri doucement, sans me moquer, et j'avais promis que non.

Une fois sur l'Île, on a pris vers la côte sud. C'est toujours là qu'on va plonger. Les falaises se jettent à l'eau sans retenue. C'est déjà beau dehors, mais faut voir un peu dessous. Ça tombe partout, sur des dizaines de mètres, puis le versant éclate contre le fond. Il y a des roches couvertes de coraux multicolores, des crevasses projetant d'énormes ombres aux contours flous. Descendre là, c'est se fondre dans les nuances du monde. Il suffit de retenir un peu sa respiration.

Ils ont construit un hôtel sur la falaise. Modeste, à peine quelques chambres. On pourrait croire qu'il s'agit d'une maison. On ne réserve pas, il y a toujours une chambre, même en haute saison. C'est ainsi, je ne me l'explique pas. Peut-être que les gens ont peur. Face à la mer, il y a beaucoup de choses qui remontent.

On a laissé nos affaires à la réception en se disant qu'on irait plonger avant de déjeuner. Ce n'était pas le meilleur moment, c'était pour s'échauffer. On y retournerait plus tard, en fin d'après-midi. Lorsque la lumière décroît, les poissons sortent pour chasser.

Pierre a ouvert le chemin jusqu'à la plage. Je marchais derrière et c'était amusant d'observer sa démarche. Avec les années, il s'était courbé un peu, comme s'il refusait de trop grandir. Quelquefois, je le lui fais remarquer et il bougonne que oui, bon, il ne se tient pas droit, et alors ?

Une fois en bas, on a passé les combinaisons puis on s'est mis à l'eau pour se mouiller. Ensuite, il faut remonter sur le sable et s'allonger un peu. Une dizaine de minutes, juste pour s'étirer. C'est surtout le cou qui compte. On fait toujours des exercices de respiration pour freiner le cœur.

Pierre a fait tout ça avec beaucoup d'application, il fermait les yeux. On est retournés au bord de l'eau et on a fini de s'équiper. Des palmes, un masque et un tuba. On glisse toujours un couteau le long d'une jambe, et une ceinture de plomb ; les kilos en plus, c'est essentiel pour bien descendre.

Pierre est parti le premier. Il a donné trois coups de palmes puis il a bifurqué vers les rochers. J'ai craché dans mon masque – pour la buée – et je l'ai suivi.

La première plongée n'est jamais très agréable. Il faut s'habituer ; le corps met du temps à s'acclimater. La pression augmente, les mètres d'eau pèsent de plus en plus fort. Et puis le cœur est trop rapide ; on pompe dans les réserves et les signaux ne tardent pas. Le manque, l'inconfort qui devient insupportable.

Au troisième coup, j'ai tout de même atteint le fond. Mon organisme se mettait au diapason. J'ai glissé le long d'une roche et j'ai aperçu Pierre, dix mètres sur ma gauche.

On est restés moins d'une heure dans l'eau. Je ne voulais pas qu'on force trop, on avait la journée entière. On est revenus sur le sable qui avait beaucoup chauffé, et on a retiré notre équipement pour le faire sécher sur les rochers. J'avais laissé un sac à l'ombre, avec des sandwiches et de l'eau. On s'est installés et on a dévoré le pain imbibé de mayonnaise, sans échanger un mot. C'est souvent comme ça ; à la fin des séances d'apnée, il faut un peu de temps pour revenir.

Après le déjeuner, je me suis allongé pour prendre le soleil. Assis en tailleur, Pierre était penché sur un petit livre blanc. Je l'ai observé un moment. C'était amusant, il remuait les lèvres en lisant. Je me suis demandé si je pouvais l'entendre murmurer en m'approchant.

Finalement, il a relevé les yeux.

« Ça t'embête si je travaille un peu sur mon livre, ce soir ? »

J'ai fait non de la tête et il a souri.

« J'ai tellement hâte de l'avoir fini. J'ai tout dans la tête, ça m'obsède ! »

J'ai essayé de me souvenir quand ça lui était venu. Il avait tellement de passions différentes. C'était ce genre de môme, toujours à s'enflammer pour tout. Bon, quand même, il me semblait qu'écrire, ça avait commencé très jeune. Peut-être au début du collège. C'est vrai qu'il avait toujours un peu écrit des petits textes par-ci, par-là. Un jour, il m'avait offert une nouvelle pour mon anniversaire ; il devait avoir treize ans. C'était l'histoire d'un plongeur qui tentait de récupérer un fabuleux trésor. Le coffre était caché dans une épave, alors le type devait descendre vraiment profond. Il finissait par y arriver en s'accrochant à un dauphin. À l'époque, ça m'avait fait plaisir que le sujet l'intéresse.

« Ton bouquin, ça parle d'apnée ? » j'ai demandé.

Il a souri.

« Pas cette fois, papa. Désolé. »

J'ai haussé les épaules puis j'ai fermé les yeux pour dormir un peu. Je sentais le soleil me chauffer la peau. Un peu plus bas, la mer roulait paresseusement contre le sable.

La lumière s'est mise à baisser vers dix-sept heures. J'avais eu le temps de faire une sieste. Pierre dormait un peu plus loin, juste sous l'ombre de la falaise. Je l'ai secoué.

« On y retourne ? »

Il avait l'air dans le brouillard, mais il s'est levé. On s'est équipés de nouveau, puis on est partis directement au milieu des cailloux.

Il ne m'a pas fallu longtemps pour me sentir à l'aise. Rapidement, j'ai pu atteindre une quinzaine de mètres. Je sentais que ça venait. On se surveillait mutuellement avec Pierre, toujours l'un au-dessus de l'autre. La syncope, ça ne prévient jamais vraiment.

Je suivais un gros mérou quand j'ai senti la main de Pierre me tirer la jambe. Il m'a fait signe de remonter et je l'ai suivi.

« Qu'est-ce qu'il se passe ?

— On arrête ?

— Déjà ? »

Il a grimacé.

« Oui. Je sais pas ce que j'ai, j'ai mal au dos et je suis crevé. Je n'arrive pas à tenir en bas. »

J'étais surpris mais je n'ai pas fait de commentaires. J'ai levé le pouce et on a nagé jusqu'au bord. On s'est changés en silence, puis on a quitté la plage.

Je l'ai laissé passer à la douche d'abord et je me suis étendu sur le matelas. Quand même, j'étais frustré de n'avoir pas réussi à m'oublier. Ce moment de relâchement, c'est ce qu'on cherche en fin de compte. La pression disparaît enfin. La gêne, le manque d'oxygène ; tout se dilue dans l'eau. Alors seulement, il n'y a plus rien et on se laisse aller.

Pierre m'inquiétait. C'était rare que ses apnées soient plus courtes que les miennes. D'ordinaire, il descendait sans difficulté ; jusqu'à vingt mètres, souvent au-delà de trois minutes. Aujourd'hui, je ne l'avais pas vu rester au fond. Je lui en voulais parce qu'avec toutes ses sorties il avait dû choper un virus ou un coup de froid. Je tenais beaucoup à ce week-end avec lui et ça m'embêtait qu'il soit malade.

La salle du restaurant ressemblait plutôt à un salon. Une cheminée, quelques tables en bois. Hors saison, la patronne faisait toujours le service elle-même. J'ai eu l'impression qu'elle nous reconnaissait, mais je ne suis pas sûr.

On a commandé le plat du jour. Pierre s'est levé pour aller aux toilettes et j'ai jeté un œil autour de moi. Il n'y avait pas grand monde ; c'était calme, ça me plaisait d'être de retour ici. L'agitation me fatigue. Je crois que c'est la vie dans mon taxi ; à force d'être seul, on s'habitue.

Les plats sont arrivés et Pierre n'était pas encore revenu. J'ai senti quelque chose dans mon ventre. Léger mais désagréable. J'ai retiré la serviette de mes genoux et c'est là que je l'ai vu. Il venait vers moi, l'air ahuri, le visage d'un blanc transparent. Ou non, plutôt étrangement jaune.

Il s'est avancé, son corps entier tremblait.

« Papa… »

Je n'ai pas reconnu sa voix. Il y avait trop de plaintes, trop de peur à l'intérieur. J'ai senti mon cœur s'emballer dans ma poitrine.

« Et ben quoi ? Qu'est-ce qu'il se passe ?! »

La patronne s'est approchée. J'avais renversé la chaise en me levant. C'était peut-être la table, je ne sais plus. Je l'ai attrapé par les épaules.

« Pierre ! Qu'est-ce qu'il y a ?! »

J'avais crié. Lui continuait de me fixer, les yeux écarquillés.

« Aux toilettes… »

Il murmurait, j'avais du mal à comprendre.

« Quoi, aux toilettes ? »

J'ai senti qu'il se crispait.

« C'était blanc. »

8

Lorsque le médecin est arrivé, j'ai été pris de court. Je m'étais préparé à patienter longtemps. On était restés à peine quelques minutes, figés côte à côte dans la salle d'attente. Il a demandé poliment si je venais et j'ai bafouillé. En fait, il s'adressait plutôt à Pierre. Il lui avait parlé directement, sans même me regarder. C'était professionnel, peut-être un peu cérémonieux. Pierre a répondu « oui » en se levant et je l'ai suivi.

On s'est assis sur des chaises en fer, en face d'un grand bureau. Il s'est installé de l'autre côté et il a remis ses notes en ordre. Il m'a semblé qu'il hésitait ; il louchait presque, son œil courant de Pierre à moi comme s'il était incapable de se décider. Je commençais à me sentir mal à l'aise. Peut-être qu'il prenait son élan.

Finalement, il a baissé les yeux vers ses feuillets. Il a lu en silence des chiffres en dodelinant de la tête.

J'ai observé Pierre. Il n'y avait rien sur son visage, pas la moindre expression. Il attendait et j'ai décidé de l'imiter. Par la fenêtre, on distinguait une petite cour. Un puits de lumière, quatre murs distants de quelques mètres. Des rayons brillants tombaient dedans. Je me suis demandé quelle tête avait le ciel.

Le médecin a toussoté. Le signal : il était prêt. Pierre a esquissé un mouvement puis s'est ravisé. Il avait l'air si nerveux que je me suis demandé depuis combien de temps je regardais dehors.

« Les résultats ne sont pas bons. »

C'est tombé trop brutalement. Je ne m'y attendais pas, même avec le toussotement. Je veux dire : je ne pensais pas qu'on nous l'annoncerait si directement. Pierre s'est agité. J'ai vu ses lèvres bouger mais je n'ai rien entendu. J'ai posé ma main sur la sienne et j'ai fait signe au médecin de continuer.

Il y avait quelque chose. Une tache, une excroissance sur la tête du pancréas. Il fallait des examens complémentaires, il suspectait des complications. Les selles blanches, c'était pour ça. Il y avait parfois aussi des urines sombres, mais ce n'était pas systématique. La fatigue, les vomissements, le mal de dos : tout avait la même explication.

« C'est une tumeur. Il est trop tôt pour en dire l'état d'avancement, mais il faut vite réagir. »

Le silence qui a suivi, je crois qu'il était volontaire. Le temps pour nous d'absorber l'information.

La main de Pierre s'est mise à trembler contre la mienne.

Tumeur.

J'ai serré plus fort pour compenser.

Le médecin a repris la parole et le timing était parfait.

« Quel que soit le degré de gravité, il est nécessaire d'opérer. À première vue, il semble possible de la retirer entièrement. C'est un bon point. »

J'ai souri à Pierre, un sourire crispé. Il ne me regardait pas.

Il a parlé de l'opération : « Lourde, mais bien maîtrisée. » Il a détaillé les risques : 80 % de réussite. Il a demandé notre avis. Je dis « notre » mais il fixait mon fils. Il n'y avait plus d'hésitation, ni dans la voix ni dans les yeux. Pierre par contre, il s'était tourné vers moi. Je voyais la peur étalée sur sa figure.

« Je... je suis d'accord... Si c'est nécessaire... Hein, papa ? »

J'ai détourné les yeux. J'avais honte. Son regard, je ne pouvais pas le soutenir. J'ai dit que oui, bien sûr, on était d'accord. Le plus tôt serait le mieux. Le médecin a hoché la tête d'un air grave, puis il a souri. « C'est moi qui vais m'en occuper personnellement. Tout se passera bien. »

Il y a eu des détails plus compliqués. La date, l'anesthésie, les allergies. Pierre répondait et j'essayais de me concentrer. Ça me chauffait le front, j'avais du mal à respirer. Je regardais la cour mais un nuage obstruait le ciel. Je ne distinguais plus le moindre éclat.

« Papa ? »

Pierre m'a secoué le bras et le médecin a répété.

« Cela vous convient si votre fils entre à l'hôpital demain matin ? »

Demain. Le mot a résonné sous mon crâne. J'ai bredouillé que j'étais d'accord. Après ça, j'ai soufflé lentement. Je sentais venir la panique et je ne voulais pas que ça se voie.

« Parfait, on se revoit demain. »

Il s'est levé et nous a tendu la main. Sourire collé aux lèvres. C'était rassurant de le voir aussi sûr de lui. Il nous a raccompagnés jusqu'à la porte du cabinet. J'ouvrais la marche et je ne voyais pas le visage de Pierre. Le bruit des pas résonnait dans l'escalier. On était seuls tout à coup et je devais parler. J'étais terrorisé. Je me suis contenté de descendre les marches en me tournant de temps en temps.

L'air de la rue m'a giflé le nez. On a fait quelques pas et j'ai passé mon bras autour de ses épaules.

« Ça va aller, mon Pierrot. Je… »

Je n'ai pas fini ma phrase. Pierre avait levé les yeux – ils étaient remplis de flotte.

Je l'ai tiré contre moi et il s'est effondré sur mon épaule.

À la maison, j'avais repris mon calme. J'ai tenté de le rassurer puis j'ai fait à manger en parlant des progrès de la médecine. Je ne crois pas qu'il écoutait ; il voulait savoir. Qu'est-ce que ça voulait dire ? Parce qu'en fin de compte le médecin n'avait pas dit grand-chose. Une tumeur, bien sûr ça sonnait mal. Il n'avait pas dit « cancer ». Est-ce qu'il y a une différence ?

On était là, trop seuls et trop ignorants pour ne pas se torturer. Il allait falloir s'y faire. Personne ne dirait rien – ou alors pas tout de suite. Il y aurait d'autres examens, des diagnostics prudents et rigoureux. Mais tout de même : on allait l'allonger sur une table pour lui ouvrir le ventre. Le médecin s'était montré confiant, c'était déjà beaucoup. Et après ? C'était fini ?

Bien sûr que non. Alors pourquoi n'avait-il rien précisé ?

Pierre insistait alors je lui ai dit de se calmer. Je ne savais pas plus que lui, et ça me bouffait tout autant.

J'ai fait le pitre et ça m'a rappelé Lucille. C'était bizarre. Je le faisais souvent pour elle. Peut-être que je n'ai que ça. Une arme désuète, un rempart de verre.

C'était pitoyable mais j'ai continué quand même. Pierre a souri une fois ou deux, j'avais marqué des points. À la fin du repas, il est sorti voir des amis. J'ai été surpris de constater que ça me faisait du bien.

Je me suis mis à la vaisselle en fredonnant un air connu. Mes mains tremblaient sous le jet d'eau. J'ai senti les murs se rapprocher alors j'ai chanté plus fort. Le sang affluait sous mon crâne, mon cœur s'emballait dans ma poitrine. J'ai pensé qu'avec Lucille j'avais souffert mais je n'avais jamais eu peur. La trouille, il n'y avait que Pierre pour me la filer. Lorsqu'il rentrait trop tard, chaque fois qu'il s'éloignait longtemps. À force, je savais la reconnaître. Cette angoisse, cette frustration terrible ; comme si tout décidait de m'échapper.

Mon fils. C'était le seul à me mettre dans cet état. Le cerveau qui divague, l'imagination qui file dans des milliers de directions. On en vient à inventer n'importe quoi. En fin de compte, il finissait toujours par revenir et je m'en voulais de m'être inquiété autant.

Une assiette m'a échappé et s'est brisée contre l'évier. J'ai regardé l'eau couler sur les morceaux de céramique.

Cette fois-ci, c'était peut-être différent.

9

Pierre est entré à l'hôpital à onze heures. Opération le lendemain. Je suis resté avec lui toute la journée. Pour midi, ils lui ont servi un repas léger. Il n'avait pas faim. On a discuté et c'est surtout moi qui ai parlé. Personne n'annonçait rien, je n'avais aucune idée du temps qu'il passerait ici. J'ai proposé d'apporter des livres mais il a refusé. « Je serai trop fatigué. » J'ai insisté et il a fini par me faire une liste de romans.

Le chirurgien est passé dans l'après-midi. Il nous a expliqué l'opération. Étape par étape, tout le déroulement. Il parlait bien, mais avec trop de distance. Je veux dire, les mots, c'étaient sans doute les bons. Les détails aussi, c'était utile pour nous rassurer. Il savait ce qu'il faisait. Pourtant, je m'étais attendu à quelque chose de plus personnel. Pourquoi est-ce qu'il ne touchait pas mon fils ? Il aurait pu s'asseoir à côté de lui, avoir un geste, ça aurait été plus chaleureux. Là, il restait debout, bien droit devant le lit, et sa voix résonnait trop loin de nous.

Il est parti quelques instants plus tard. J'ai eu envie de le suivre dans le couloir. Il y avait tellement de questions. Je me suis retenu pour ne pas inquiéter Pierre. Je suis resté à ses côtés et il a fini par s'assoupir. En le voyant si fatigué, j'ai culpabilisé. Je n'avais rien vu venir. Des semaines qu'il était exténué, qu'il se plaignait du dos et qu'il vomissait. C'était mon fils, je passais mon temps à le regarder. Pourtant j'avais raté la seule chose qui comptait vraiment.

Il était près de dix-neuf heures. Je me suis levé et je suis allé à la fenêtre. Les derniers rayons éclataient contre les murs de l'hôpital. Un voile orange teintait les bâtiments. J'ai toujours aimé les dernières lumières du jour. L'ultime parade, un tour d'honneur et puis la nuit.

L'infirmière est entrée pour me dire que les visites se terminaient. Je pouvais revenir le lendemain, l'opération aurait lieu en début de matinée. Je l'ai remerciée et je me suis penché vers Pierre. Il s'était réveillé, il m'observait silencieusement. J'ai voulu l'embrasser mais je me suis retenu. Je ne fais jamais ce genre de choses, j'ai eu peur que ce soit trop solennel.

J'ai passé ma main dans ses cheveux. Il avait une lueur au fond des yeux. Pas de la peur, non. Peut-être un peu d'appréhension.

J'ai trouvé qu'il était sacrément courageux. Je lui ai dit que j'étais fier et il a rougi un peu.

« Bonne nuit. »

Dans le couloir, tout m'a semblé plus petit qu'à l'arrivée. J'ai fait un tour pour voir si je ne trouvais pas le médecin. Il n'y avait que deux aides-soignantes. Elles débarrassaient les plateaux-repas, elles ont souri en me voyant passer. Je suis descendu avec un vieux. Dans l'ascenseur, j'ai réalisé qu'il ne m'avait même pas remarqué. Tout lui semblait si familier ; il devait venir depuis longtemps.

Dehors, il faisait froid. La nuit avait fini par l'emporter. J'ai marché jusqu'à la voiture. Plus loin, l'artère principale grondait de la sortie des bureaux. Comme je ne voulais pas rentrer, j'ai allumé mon lumineux. Je me sentais déjà mieux ; mon taxi me fait souvent cet effet-là.

À la sortie du parking, une femme a levé le bras et je me suis arrêté.

Elle n'a pas attendu pour se mettre à bavarder. D'ordinaire, j'aime les clients qui parlent. Là, j'ai regretté de l'avoir chargée. Je voulais me concentrer sur moi, sur mes craintes et mes espoirs. J'avais besoin de laisser mon cerveau disséquer la situation, fabriquer le futur ; réfléchir à ce qui pouvait nous arriver. L'imagination, il en faudrait pour être à la hauteur.

La femme, bien sûr, elle ne pouvait pas savoir. Elle continuait de raconter. C'est pour son mari qu'elle était là. « Un infarctus à son âge, c'est difficile de récupérer. » Je comprenais bien, mais je m'en foutais. Je bredouillais « oui, oui », parce que l'expérience m'a donné les clefs. Sa voix était trop forte. Je ne pouvais pas penser.

« Il s'en remettra. »

Ah ça oui, je ne devais pas douter. Un costaud, son Léon. Et puis ça n'était pas encore son heure. « Le problème, c'est la dégénérescence physique. Ça a toujours été une force de la nature. » Mon père aussi, c'était ce genre de type. Un ours. Ma mère aimait bien le surnommer comme ça. Mais Léon, il n'aimait pas ça. Perdre sa force. « C'est terrible, vous comprenez. Il lui faut l'aide d'une infirmière pour se soulager. Ça le mine, cette dépendance… »

À l'arrivée, elle m'a laissé un gros pourboire. Je l'ai remerciée en lui souhaitant bonne chance. Elle s'est éloignée. Je l'ai regardée parce qu'il y avait une dignité incroyable dans sa démarche.

10

Je n'ai presque pas dormi. À cause de l'opération. Aussi parce que je travaille souvent de nuit. Je me suis levé à trois heures pour allumer la télévision. Il n'y avait rien mais j'ai tenu une heure. En me remettant au lit, j'ai pris la pièce de Pierre qui traînait sur la table de nuit.

Je ne lis pas, ou alors les journaux. J'avais du mal à suivre. C'était l'histoire d'un môme, il partait à la recherche de sa mère morte pendant la guerre. Il tombait dans un village et il menait l'enquête. J'ai souri en lisant que le père était chauffeur de taxi. Je me suis demandé si c'était l'idée de Pierre. C'était possible et ça m'a fait plaisir.

Je l'ai imaginé seul dans sa chambre blanche. Demain, un inconnu lui ouvrirait le ventre. Je ne sais pas si ça m'angoissait. Peut-être juste que ça m'impressionnait. Les hôpitaux, il s'en dégage quand même un sacré truc. Une puissance hors du commun. Moi, j'ai toujours eu confiance dans la médecine.

Avec Lucille, c'était pas la même histoire. La théorie du complot, ce genre de choses ; elle se méfiait des docteurs et des médicaments. Quand elle parlait du lobby des labos pharmaceutiques, elle se mettait dans des états terribles. Son truc, c'était plutôt l'alternatif. Elle était férue d'acupuncture – elle m'avait fait découvrir le mot en m'enfonçant une aiguille de cactus. « C'est pour ton bien », elle avait dit.

Ma Lucille, je n'ai jamais eu de doute sur ses intentions. Si elle avait pu soulager le monde entier, elle l'aurait fait.

J'aurais juste voulu qu'elle commence un peu par elle.

À l'hôpital, ils m'ont dit que Pierre n'était pas réveillé. Il n'était pas encore remonté dans sa chambre et je devais attendre. Une aide-soignante m'a promis que le chirurgien passerait me voir.

Dans la salle d'attente, il y avait une odeur que je n'identifiais pas. Remarquable, mais sans le moindre caractère ; c'était là, perceptible, et pourtant ce n'était rien. C'était propre et impersonnel.

Je ne vais pas souvent dans les hôpitaux. Pas plus qu'un autre, je veux dire. Une fois ou deux avec Lucille, au plus fort de ses crises ; mais elle détestait trop ça. Je finissais toujours par renoncer.

Plus j'y repense, plus je réalise que j'ai beaucoup cédé. Je ne savais pas dire non. C'est pour ça que c'est aussi ma faute.

Le médecin n'arrivait pas. Bien sûr, je comprenais : les urgences passent en premier. Moi, je n'avais pas de raison valable – ou si, peut-être, mais pas des raisons comme ça. Il y avait sans doute des fractures et des hémorragies. Moi, je n'avais que des angoisses qui me traversaient le crâne. Je ne pouvais pas leur en vouloir ; j'avais mal dedans et c'était déjà trop loin.

Les heures passaient et je devenais dingue. J'allais me lever pour hurler sur la secrétaire, mais le médecin est arrivé. Bien entendu, je n'ai rien dit. On me tendait la main et je l'ai saisie. Le chirurgien souriait comme on sourit à n'importe qui. Ça ne voulait rien dire. J'ai dû faire un effort parce que mon cœur battait trop fort.

« Vous me suivez ? »

J'ai pensé qu'on allait dans son bureau mais il m'a conduit jusqu'à la chambre. Quand il est entré, il a balayé la pièce du regard. Il avait l'air surpris de la trouver vide.

Au bout de quelques secondes, il m'a invité à m'asseoir dans le fauteuil, puis il s'est appuyé contre le mur. J'étais mal à l'aise. Son corps surplombait le mien. Lui au-dessus de moi, ça lui donnait des allures de professeur. Il a commencé à m'expliquer. Pierre allait bien, il se réveillerait d'ici une heure. On allait le remonter. L'opération s'était bien déroulée sauf qu'ils n'avaient pas pu retirer toute la tumeur.

« C'est-à-dire ? »

J'ai vu qu'il n'avait pas l'habitude. Les patients ne coupent sans doute pas la parole. J'y avais mis de l'agressivité, c'était involontaire. Il a repris un peu sèchement.

« La tumeur est moins bien placée que l'on pensait. C'est compliqué de tout enlever sans risquer de graves lésions sur les tissus. C'est fragile comme zone, vous comprenez ? »

Je comprenais, mais ça ne m'allait pas. Je veux dire, ce n'était pas l'accord. Hier, on avait pourtant bien fixé les termes : ils enlevaient tout. J'avais dit oui, je lui avais laissé mon fils et il l'avait ouvert en deux. Est-ce qu'il se rendait compte ?

Bien sûr, tout ça se passait en moi. Le chirurgien a temporisé. Il avait pu extraire une bonne partie, c'était le plus important. Pierre avait besoin de repos. Il allait passer d'autres examens puis on aviserait.

Il a marqué une pause. Il fixait la porte d'un air impatient. Une peur panique s'est emparée de moi. Est-ce qu'il fallait que je dise quelque chose ? C'était peut-être à moi de poser les bonnes questions.

Finalement, il s'est redressé et il a regardé sa montre.

« Qu'est-ce qu'elle fait ? On avait dit treize heures... »

Il ne s'adressait pas à moi, je n'ai pas demandé de précisions. J'ai regardé la porte et j'ai compris que ça viendrait de là. Je ne savais pas quoi – d'ailleurs je ne voulais pas savoir. Je n'étais pas prêt. Je fixais cette porte et je priais pour qu'elle ne s'ouvre pas. Jamais.

J'ai eu soudain envie de me jeter dessus. Pour la bloquer, pour casser la poignée qui brillait sur le fond blanc. C'était stupide, mais tant qu'elle restait close, tout restait possible. Je veux dire, dans le couloir, il y avait encore l'incertitude. Les futurs, ils étaient là ; ils dansaient derrière la porte. Une foule d'éventualités, leur probabilité. Oui, tant qu'on n'ouvrait pas, la réalité restait libre ; elle pouvait filer dans toutes les directions. Des mondes parallèles. Je les voyais distinctement – les beaux, et puis les autres, un peu plus moches. C'est normal, il faut partout de l'équilibre. Non, ce qui compte, c'est l'espoir. Un mot de trop, une expression ou une porte qui s'ouvre – c'est la mort du conditionnel.

J'aurais aimé que la poignée ne bouge pas. J'aurais tellement voulu que la porte reste toujours fermée.

Évidemment, l'hôpital ne voyait pas ça pareil. Il y avait un homme malade et son père qui attendait. Il y avait la vérité. Les médecins sont des gens rationnels.

Une femme est entrée. Brune, la quarantaine. De petites lunettes rondes lui tombaient au milieu du nez. Elle m'a serré la main.

« Bonjour, je suis le docteur Ward, l'oncologue. Excusez-moi, j'étais avec un autre patient. »

Je n'ai pas réagi tout de suite. Le chirurgien a sans doute pensé que je ne comprenais pas.

« C'est une spécialiste du cancer », il m'a précisé.

J'ai plissé les yeux. Juste le temps d'apercevoir les futurs se déchirer à l'horizon.

Elle m'a dit qu'il y aurait d'autres examens. Elle était pessimiste sur le diagnostic. « C'est un cancer du pancréas. » Les cellules métastasaient, avec un risque de propagation.

« Il va falloir discuter des traitements à envisager. »

Le chirurgien m'a souhaité « bon courage pour la suite », et il s'est éclipsé.

« Ne vous inquiétez pas, je prends le relais, m'a rassuré sa collègue. On va bien s'occuper de votre fils. »

Elle me regardait fixement et je ne savais pas trop où poser les yeux. Une infirmière est entrée pour annoncer le réveil d'un autre patient. Le docteur Ward a fait signe de la main et la fille est sortie sans refermer.

« Nous reparlerons de tout ça avec Pierre. Vous pouvez lui en toucher un mot, mais ne vous sentez pas obligé. Je serai là pour vous accompagner. N'hésitez pas à demander notre aide. »

Elle souriait. J'avais du mal à comprendre ses derniers mots. J'ai dit « merci » mais je ne le pensais pas.

On fait ce qu'on peut avec ses lèvres.

Ils m'ont amené Pierre sur les coups de treize heures. Il avait l'air conscient mais complètement perdu. On m'a expliqué qu'il était encore sous l'effet de l'anesthésie. « Il reprendra ses esprits dans l'après-midi. »

Je suis resté à côté de lui. Il ouvrait les yeux par intermittence. Des battements de cils qui me soulevaient toute la poitrine.

« Pierre ? Dis quelque chose. N'importe quoi. »

Je l'ai appelé plusieurs fois sans succès. Il devait quand même se réveiller parce que je le voyais s'agiter. Il avait mal. Son front trahissait un effort désespéré. Il essayait de se tourner mais chaque mouvement lui arrachait un gémissement. Ça me minait de le voir coincé sur le dos, je sentais que ça le dérangeait. Je voulais agir mais je n'avais aucune idée de ce qu'il fallait faire. De nouveau, je me suis senti terriblement impuissant. J'ai prié pour que ça ne devienne pas une habitude. Finalement, une infirmière est passée et a changé la poche de sa perfusion.

Il a émergé une heure plus tard. Ses yeux sur moi, ça m'a fait du bien. J'ai souri et j'ai demandé comment il allait. Il a grimacé. J'ai dit bêtement que ça allait passer et j'ai posé ma main sur son front. Ça me soulageait de le voir se réveiller. Comme si mes tripes se dénouaient sous mon nombril.

J'ai repensé à ce qu'avait dit l'oncologue. Le cancer, les traitements. Comment pouvais-je avoir la moindre discussion avec lui maintenant ? Il se rendormait et je me suis avachi dans le fauteuil. Le sommeil envahissait chaque cellule de mon cerveau. J'ai fermé les yeux et j'ai laissé venir.

En fin d'après-midi, l'oncologue est repassée. Elle m'a salué d'un signe de tête et a réveillé Pierre. Elle a posé quelques questions. Comme il répétait qu'il avait mal, elle a promis d'augmenter sa dose d'antalgiques.

Moi, j'étais à côté et je me sentais insignifiant. J'avais la bouche pâteuse à cause de ma sieste et j'ai cherché du regard une bouteille d'eau. Elle a donné les détails de l'opération, j'ai vu que Pierre essayait de se redresser. Elle parlait fort et lentement. Pierre n'avait pas l'air de bien comprendre ; je le voyais hocher la tête mécaniquement. Ses traits se crispaient de plus en plus. Je me suis demandé pourquoi elle ne courait pas chercher de quoi le soulager.

Il a fermé les yeux dès qu'elle est sortie. Je voyais bien qu'il se concentrait sur sa douleur ; je m'en voulais de ne pas souffrir aussi. J'ai attendu un peu puis je suis allé dans le couloir. Une infirmière s'affairait autour d'un chariot. Elle avait une trentaine d'années ; blonde, les cheveux tirés vers l'arrière du crâne. Ça m'embêtait de réclamer, mais Pierre avait trop mal. Je lui ai expliqué ça comme j'ai pu. J'ai pensé qu'elle allait s'agacer, mais elle m'a souri.

« J'arrive tout de suite. »

11

Bien sûr, ce n'est qu'un doute. Je me suis souvent demandé si j'étais le seul à y penser. Peut-être que ses parents aussi ? On ne pourra jamais savoir.

Ce n'est pas venu tout de suite. Au début, quand ils m'ont appelé, je n'ai pas réalisé. Lucille, écrasée contre un arbre. C'est d'abord le choc qui domine. Ça remonte jusqu'au cerveau et le cœur se met à battre.

« Non… Non… Non… »

C'est sûrement ce que j'ai dit. La tête coincée entre les mains. Accroupi, le dos plaqué contre un mur froid. En fait, je ne sais plus.

Les premiers jours, tout allait trop vite. Il y avait Pierre. Je courais partout, sans vraiment comprendre. Je n'avais pas un seul instant pour moi.

Je ne me rappelle plus très bien l'enterrement. Des silhouettes et des silences trop appuyés. Je me souviens que c'était surprenant, ces gens pressés autour du cercueil. Avec sa maladie, Lucille s'était coupée du monde. Beaucoup lui avaient tourné le dos, mais la mort aplanit sûrement les choses. Les morts sont tous des braves types, chantait quelqu'un.

Il y a eu des discours que je n'ai pas écoutés. Je sentais la main de François sur mon épaule. Ça faisait du bien de l'avoir avec moi. Je sanglotais comme un enfant. J'ai perdu l'amour de ma vie, et c'est déjà mourir un peu.

Je me suis vite repris. Il y avait mon fils. C'était terrible pour lui aussi, mais il ne s'en rendait pas compte. Grandir sans sa mère, c'est quand même sacrément moche. Peut-être que c'est à cause de ça que je suis devenu si proche de lui. Est-ce que j'ai voulu compenser ? Je n'en sais rien.

C'est l'enquête qui m'a plongé dedans. Ou alors j'avais du temps pour réfléchir. Il y avait un témoin, il a dit que la voiture roulait trop vite. Elle était sortie de la route dans un virage.

Lucille détestait la vitesse.

Plus tard, ils m'ont expliqué qu'elle n'avait pas de ceinture et je ne les ai pas crus. Ce n'était pas du tout son genre. Ils étaient formels alors j'ai pensé qu'elle était sous l'emprise de ses cachets. Les experts m'ont assuré que non.

Un commissaire a conclu sèchement que c'était un « bête accident comme il en arrivait souvent ». J'avais des tonnes de questions que je n'ai pas posées. Je me sentais stupide. Ce n'était plus nécessaire.

Je n'ai jamais parlé de cette histoire. Est-ce que c'est important ? Moi, ça continue de me hanter. Toujours ce sentiment d'impuissance, un truc à mourir de culpabilité. Pierre ne connaît que la version officielle. Je ne veux pas qu'il se pose les mêmes questions que moi.

Je ne lui parle pas souvent de sa mère. Ce n'est pas que je refuse, mais je ne sais pas trop quoi lui raconter. Il y a l'amour, bien sûr, mais ça ne le regarde pas. Le reste, je n'ai jamais été capable de mettre des mots dessus.

12

Ce soir, je suis allé rejoindre François. Il y a ce bar, où l'on se retrouve parfois. C'est un petit bistrot, dans une rue étroite aux alentours de la place principale. C'est pratique parce que c'est ouvert toute la nuit. Il y a souvent des chauffeurs qui prennent une pause, et des tas d'autres gars, aussi. Je crois qu'ils n'ont pas de meilleur endroit où aller. Quelquefois, il y a des types en colère qui déboulent parce qu'ils se sont fait virer de chez eux. Ils boivent deux trois bières en maugréant et ils repartent une fois calmés.

Le week-end, des groupes de jeunes débarquent au hasard. Ils sont déjà saouls, ils viennent prolonger la fête. Ce n'est pas très intéressant. Nous, on ne passe qu'en pleine semaine, souvent au milieu de la nuit. On boit un café ou une bière, selon l'humeur et l'heure. L'endroit est un peu étroit mais on se trouve toujours une table. Je n'aime pas m'asseoir au comptoir, j'ai l'impression que l'on m'écoute parler. Et puis ça fait poivrot d'être accoudé au bar.

Quand je suis entré, j'ai aperçu François assis dans le fond. Il m'attendait devant un double expresso – l'alcool, c'est pour la fin du service. J'ai regardé ma montre : il était deux heures du matin, c'était tôt pour s'arrêter. Je me suis dit que j'y retournerai ; de toute façon, je n'avais rien de mieux à faire. Quand je bosse, j'oublie un peu le reste.

J'avais vu François le lendemain de l'opération. Je lui avais dit pour le cancer du pancréas. Au mot « cancer », j'avais vu ses traits se crisper.

Il s'est levé en me voyant arriver. Il m'a tenu l'épaule et il m'a serré la main. Il fait ça à chaque fois ; il dit que c'est plus cérémonieux, que les ministres le font à la télé et qu'il n'y a aucune raison de ne pas les imiter. Je crois surtout que ça l'amuse. François, il a toujours aimé faire le clown. C'est sans doute pour ça que je l'apprécie autant.

Je me suis assis et j'ai demandé une bière. J'ai vu que ça le surprenait, mais il n'a pas fait de commentaire. C'était bien. Je n'avais pas envie de me justifier. Je voulais une bière ; j'en avais commandé une.

« Alors, t'as eu du monde ? »

J'ai bu une gorgée de la blonde que le serveur avait posée devant moi. J'ai fait « non » de la tête et il a soupiré.

« Ouais, pareil. Ça s'est trop radouci, les gens marchent ou font du vélo. »

Je n'avais pas remarqué pour la température. François cherche toujours des explications. Qu'est-ce qui fait qu'un type lève la main en nous voyant passer ? Pourquoi certains soirs marchent mieux que d'autres ? Je ne crois pas qu'il y ait des raisons à tout.

« Encore une sale soirée… »

Il avait chargé un couple. Trente ans, tout au plus. Ils avaient passé le trajet à s'engueuler.

« La fille, surtout. Elle lui hurlait dessus ! Lui, je voyais bien qu'il était gêné. Il me faisait des petits signes de tête. Mais attention, il ne se laissait pas faire non plus. Faut voir ce qu'il lui répondait ! »

François s'est interrompu pour finir son café, puis il a repris :

« Alors ça gueulait, ça gueulait. Ils avaient même carrément oublié que j'étais là ! Elle braillait qu'elle allait se barrer – je crois qu'elle pleurait à moitié. Lui, c'était pas beaucoup mieux : il lui disait carrément d'aller se faire foutre. Et puis ça repartait, encore et encore. Ça continuait de monter, j'avais même l'impression qu'ils allaient se mettre sur la gueule… »

J'ai hoché la tête en soupirant parce que ça m'arrivait aussi. Je n'osais jamais demander aux clients de descendre du taxi.

« Qu'est-ce que t'as fait ?

— Moi ? Oh, rien. Il restait pas mal de trajet, j'avais peur que la nana me demande de m'arrêter. Tu comprends, je voulais pas faire une croix sur la course…

— Ouais…

— Au fond, ça ne me dérangeait pas. Je ne pourrais pas te dire pourquoi, mais je sentais que c'était pas grave. C'est marrant, non ? Ils en étaient presque à se coller des pains, et moi, je trouvais surtout qu'ils avaient l'air de vachement s'aimer. »

Il s'est gratté la tête.

« Qu'est-ce qui pouvait me faire penser ça ? Je sais pas. L'instinct, sans doute. Peut-être qu'à force de voir défiler tous ces gens dans ma voiture… »

En écoutant son histoire, je me suis souvenu que Lucille me disait qu'on était « les témoins privilégiés de la condition humaine ».

« Au fond, a poursuivi François, ça reste une impression. Je veux dire : c'est simplement ma vision d'eux. Je me disais : ils s'aiment ; mais peut-être qu'à peine sortis de la voiture ils se sont séparés pour de bon… Va savoir. À chaque fois, avec les clients, on s'imagine des tas de trucs. On charge un type, on discute un peu et on se dit : celui-là, ça doit être un bon père de famille. Mais si ça se trouve, une fois chez lui, il bat ses gosses et il viole sa femme ! C'est toujours pareil. Bon, bien sûr, les vrais enculés, on a appris à les voir venir.

Mais parfois, je me dis que mon taxi, c'est un monde à lui tout seul. Une sorte de boîte magique, tu vois ?

— C'est vrai que ta bagnole ressemble de plus en plus à une boîte...

— T'es con, c'est pas ça que je veux dire. »

J'ai regardé François. Il fixait la tasse vide posée devant lui.

« C'est ce que je trouve le plus frustrant, il a ajouté en se pinçant la lèvre. C'est frustrant parce qu'on a le droit qu'à des petits bouts de vie. On juge les gens sur peu de choses... Même avec toute mon expérience, quand je vois mes clients partir, je ne peux pas m'empêcher de me demander si je ne me suis pas gouré. On n'a que ce que l'on voit. »

J'avais déjà ressenti ça. Je n'ai pas la prétention de comprendre la vie des types assis derrière mon siège, alors j'essaye de deviner. C'est sûrement pas grand-chose, mais ça me semble tout aussi juste que le reste.

François s'était tu. Il louchait sur ma bière avec envie.

« Je suis allé voir Pierre à l'hôpital », j'ai dit doucement.

Il a relevé les yeux.

« Comment il va ? »

J'ai soupiré. J'avais du mal à trouver mes mots.

« Ça va... Il se remet petit à petit de l'opération. Je voudrais qu'il commence le traitement, mais à l'hôpital, ils disent qu'il est encore trop faible. Je... je ne sais pas. Moi, je crois que plus vite ça démarre, mieux c'est, non ? »

François a hésité.

« Heu, oui, oui. C'est sûr. Après, il faut faire confiance aux médecins. C'est eux qui savent ce qui est le mieux pour Pierre.

— Les médecins, tu sais, je les vois pas souvent. Il y a surtout des infirmières. Elles sont gentilles, mais elles ne peuvent pas vraiment répondre à mes questions. L'oncologue passe le matin, je crois. Je ne l'ai vue qu'une fois.

— L'oncologue ?

— C'est une spécialiste du cancer. Elle s'occupe de Pierre. »

Il a sifflé entre ses dents. Le mot « cancer », il n'aimait pas l'entendre. Il m'avait semblé comprendre un jour que son père en était mort.

« T'en fais pas, Jean. Ils vont te le guérir, ton fils. »

Il avait dit ça en plantant ses yeux au fond des miens. J'ai dit « oui » en grimaçant, puis j'ai fini ma bière.

13

Je ne dors presque plus. Je ne supporte pas d'attendre le jour, alors je travaille jusqu'au matin. À dix heures, je dépose le dernier client puis je viens à l'hôpital. Je commence le service de plus en plus tôt ; parfois tout de suite en quittant Pierre.

J'ai été surpris au début. Ça me semblait compliqué de tenir. En fin de compte, ce n'est pas si dur. Je ne peux plus fermer les yeux. Je suis fatigué, bien sûr, mais c'est différent – m'allonger n'y changerait rien. Ça se paye, évidemment. Je suis pâle et j'ai perdu du poids. François me le fait souvent remarquer.

Ce matin, j'ai su en entrant dans la chambre que ce serait différent. Peut-être le regard de Pierre, plus vif et plus déterminé. Autre chose aussi, dans l'atmosphère. C'est difficile à expliquer.

Je me suis assis près de lui. Il me fixait d'un air halluciné. Son traitement, c'est tellement fort, ça l'épuise. Il passe la moitié de son temps perdu dans des brouillards dont je ne parviens pas à l'extraire. Ça me brise de le voir comme ça.

La gemcitabine, une fois par semaine, par perfusion d'une demi-heure. Je regardais le liquide descendre dans ses veines. Dans le sang de mon fils. Une molécule terrible, un agent létal chargé de liquider les cellules indésirables. Un poison. « Un bon poison », m'avait repris une infirmière.

Il n'avait pas perdu ses cheveux. Ça m'avait surpris. C'est tout ce que je savais de la chimiothérapie : on devient chauve. Évidemment que c'est plus compliqué ; mais moi, je ne suis pas un spécialiste. Le cancer, je n'avais jamais connu. Le mot me faisait peur, comme à tout le monde, mais ça résonnait trop loin. Une menace sourde, un danger diffus. Comme la bombe nucléaire ou une vilaine hernie.

« J'ai essayé de travailler. »

Je n'ai pas saisi tout de suite. Il avait dit ça en se redressant un peu. Je n'ai rien répondu, j'ai attendu qu'il poursuive.

« C'est… c'est difficile. Tu sais, j'ai du mal à me concentrer à cause des… des médicaments… Je suis tellement fatigué. »

J'ai senti mon ventre se contracter. J'avais peur. Une semaine plus tôt, on s'était affrontés au sujet du traitement. Il voulait réduire, la chimio le faisait vomir. Il souffrait de coliques et s'amaigrissait.

« Mes copains ne me reconnaissent plus ! Je le vois bien dans leurs yeux... »

Il m'avait balancé ça comme si c'était ma faute. Je me souviens de la frustration que j'avais ressentie. L'injustice aussi.

Alors je m'étais mis à hurler. C'était moche et j'avais honte, mais il devait comprendre. Le traitement lui sauverait la vie. Je le lui avais crié de toutes mes forces. Et aussi qu'il était jeune et que c'était une chance. Que les médecins me l'avaient dit. Qu'il guérirait parce qu'on tenterait tout. Et moi, je demanderai les traitements les plus lourds. Même les expérimentaux. Il avait la forme pour encaisser. Il s'accrocherait. La guérison, c'était surtout la tête. Et qu'il avait intérêt à se battre parce que moi j'avais bien l'intention de le récupérer.

Je lui avais hurlé tout ça, debout au-dessus de son lit, les yeux noyés de larmes. C'était étrange parce qu'il pleurait aussi. Il beuglait : « OK, papa, d'accord ! D'accord ! » Mais moi, je ne pouvais plus m'arrêter. Pour être sûr, pour enfoncer le clou. Pour que plus jamais il ne demande de diminuer les doses.

C'est pour ça que j'avais peur. L'entendre parler de cette façon... Je ne me sentais même plus la force de m'énerver.

Je n'ai pas répondu. Il s'est penché pour attraper une pochette sur la table de nuit.

« C'est mon livre… Je l'ai fini, je crois. »

J'ai senti la chaleur irradier ma poitrine. Le soulagement, et le bonheur aussi. Le voir se remettre à ses projets, c'était inespéré. J'ai demandé si je pouvais le lire et il a souri en me tendant le manuscrit.

« Oui, bien sûr. »

Il a hésité un instant, il cherchait ses mots. Je l'ai encouragé du regard.

« Je voudrais que tu l'envoies à des éditeurs. »

J'ai pris la pochette et je l'ai ouverte. Il y avait un tas de feuilles barbouillées de lignes. En première page, le titre apparaissait en capitales. Et Pierre Marès juste en dessous.

J'ai dit que j'avais hâte de me mettre à lire. J'ai parlé de sa pièce de théâtre en pensant lui faire plaisir. Une pointe de tristesse est passée sur son visage. Je me suis excusé mais c'était trop tard. Au-delà de ces murs, la vie continuait sa route. Sans lui. Je venais de le lui rappeler.

Pour changer de sujet, je lui ai demandé des détails. Je voulais savoir pour cette histoire d'éditeurs. Il m'a dit qu'il fallait que je copie le manuscrit. Je devais l'envoyer un peu partout, il avait préparé une lettre.

J'avais du mal à tout saisir. L'idée me dérangeait, mais je n'étais pas capable de m'expliquer pourquoi. Je n'y connaissais rien, pourtant il me semblait qu'un premier jet, ça ne suffirait pas. Est-ce qu'il ne valait pas mieux attendre ?

Il y aurait sans doute encore des corrections, des détails ou des avis extérieurs à considérer.

Je n'aimais pas cette impatience. Elle ne lui ressemblait pas.

Je l'ai quitté en promettant quand même de m'en occuper. Est-ce que j'avais le choix ? Il avait sans doute raison. C'était son truc, sa passion à lui. Il savait sûrement ce qui était le mieux.

J'avais la pochette sous le bras. Dans le couloir, deux infirmières s'affairaient à l'entrée d'une chambre. J'ai demandé si le docteur Ward était là. On m'a répondu qu'elle allait passer dans le service et on m'a proposé de m'asseoir en salle d'attente. Une jeune femme était assise à l'intérieur, elle m'a salué quand je suis entré. Elle était grande, brune ; un air d'ailleurs peut-être, je ne suis pas sûr. Ses cheveux noirs étaient attachés, quelques mèches retombaient sur ses épaules. Elle était belle, presque intimidante.

Elle observait le parking à travers la vitre. Son visage était grave, digne, et pourtant très doux. Il m'a semblé qu'elle avait les yeux rougis. Je n'osais pas la fixer, je me contentais de brefs coups d'œil. Elle était jeune, pas encore trente ans. Je me suis dit que c'était comme Pierre, qu'elle n'avait rien à faire ici. J'ai essayé de l'imaginer dehors, heureuse, en train de rire. Oui, c'était plus beau. Pour mon fils aussi, je faisais souvent l'effort. L'extraire de sa chambre. Hors des murs blancs, il y avait encore la vie. C'était rassurant de se le répéter.

J'ai voulu aller m'asseoir à côté d'elle. Peut-être qu'il fallait que quelqu'un lui dise. Le malheur ce n'était pas tout ; il suffisait de le lui murmurer. Bien sûr, j'en étais incapable. Avant, peut-être, du temps de Lucille. Qu'est-ce qui m'avait fait changer autant ? Je n'étais plus qu'un lâche. C'est sans doute ça vieillir.

Une infirmière a toqué contre la porte en annonçant :

« Il est prêt. Vous pouvez venir. »

La femme a hoché doucement la tête et elle a suivi l'infirmière. Je suis resté seul, coincé sur ma chaise avec des regrets stupides.

Une heure s'est écoulée, peut-être plus. Tout est trop long ici ; c'est le propre des endroits où l'on ne veut pas être.

« Vous vouliez me voir ? »

L'oncologue était là. J'ai eu envie de lui dire pour l'attente, mais je n'ai pas osé. Elle est restée debout alors je me suis levé. On était face à face, j'ai réalisé qu'elle était à peine moins grande que moi.

J'ai demandé pour le traitement de Pierre. Je voulais savoir ou ça en était. Je ne comprenais pas qu'il n'y ait pas d'améliorations.

« Quand est-ce que je vais pouvoir le ramener à la maison ? Ça fait bientôt un mois qu'il est ici ! »

Elle a hésité – elle mettait plusieurs secondes pour me répondre. J'imagine qu'elle pesait ses mots.

Elle m'a dit que la situation était plus compliquée. L'opération avait affaibli Pierre. Il s'alimentait peu, ne dormait pas bien. « Aujourd'hui, il est affecté autant par le traitement que par la maladie. »

Il n'était pas envisageable qu'il quitte l'hôpital pour le moment. Ce n'était pas souhaitable. « Ni pour lui, ni pour vous. »

Alors quand ?

Je me suis énervé. Est-ce qu'on allait enfin m'expliquer la suite ? C'était des médecins, ils avaient bien des idées en tête. Au moins des pistes, des pourcentages, des statistiques ou quelque chose comme ça. Comment ça se passait dans les autres cas ?

« Écoutez, je veux simplement savoir quand il va guérir. »

Elle a baissé les yeux. Pas longtemps, une fraction de seconde.

« Je suis désolée, M. Marès. Dans le cas de votre fils, on ne peut pas vraiment parler de guérison. »

J'ai encaissé le coup, sans frémir, sans desserrer les lèvres. La violence du choc. Je ne réalisais pas. Ou alors si, je le savais déjà. Oui, c'est cela. Un spectre diffus, un souffle glacé. Une vérité qui me suivait partout. Elle était là, tapie derrière moi, cachée dans mon ombre.

Je venais juste de me retourner pour la regarder en face.

L'oncologue m'a expliqué du mieux qu'elle le pouvait. Elle était sincère, je le sentais. Il n'y avait plus de non-dits, plus de sous-entendus. C'était trop tard maintenant. Elle m'a dit que la chimiothérapie permettait de ralentir l'évolution de la maladie, de la bloquer même, éventuellement. On essayait de gagner le plus de temps possible. Ça pouvait être beaucoup, d'ailleurs. Certaines personnes vivaient des dizaines d'années avec un cancer. Mais voilà, il fallait que je comprenne : on ne guérissait pas d'une tumeur métastasée.

J'étais planté sur mes deux jambes. J'essayais de les enfoncer dans le sol. J'avais peur de me mettre à trembler ; il ne fallait pas qu'elle pense que je n'étais pas à la hauteur.

J'ai demandé : « Pierre, il est au courant de ça ? »

Elle a acquiescé. « Il l'intègre petit à petit. Il faut du temps pour accepter la maladie. Une psychologue travaille avec lui, il ne vous a pas dit ? »

J'ai bredouillé « non ». Je l'ai remerciée et je suis sorti. Dans le couloir, j'ai essayé de garder la tête droite. La pochette de Pierre était toujours coincée sous mon bras. Je l'ai serrée le plus fort possible.

PARTIE II

1

Ces derniers jours, j'ai reçu trois réponses négatives. Des lettres types, sans justification. « Non » et quelques formules de politesse. Je n'ai pas été surpris ; j'attends les autres, les réponses à mes vingt-cinq envois. Ça fait déjà un mois. Est-ce qu'il faut vraiment autant de temps ? Hier, un journaliste que j'emmenais à la gare a essayé de m'expliquer. D'après lui, il y a trop de manuscrits. Les délais sont longs parce que les gens envoient n'importe quoi.

À l'hôpital, Pierre vient aux nouvelles tous les matins. Je n'ai pas été capable de lui dire pour les refus.

Aujourd'hui, je suis passé le voir. Il était de sale humeur. J'ai senti sa frustration vibrer dans les silences ; ça bouillonnait. J'ai eu beau me démener, il n'a pas desserré les dents. À un moment, je me suis assis tout près de lui. J'avais envie de prendre sa main mais je n'ai pas osé. Il était blanc, cerné autour des yeux. Une boule montait dans ma poitrine.

Je voulais l'aider ; j'aurais fait n'importe quoi. J'avais le sentiment que ça me filait entre les doigts. Je cherchais son regard, mais ça devenait trop dur. Alors je suis sorti.

Dans le couloir, une infirmière s'est approchée.

« Ça va, monsieur ? »

Je n'ai pas réussi à lui répondre.

« Je suis Rosalie, je m'occupe beaucoup de votre fils, vous savez ? »

Je l'ai remerciée. Elle était jeune, je me suis demandé si elle avait le même âge que Pierre. Sans doute que non. Ce n'était pas très important.

« Vous partez déjà ? »

J'ai marmonné que j'allais revenir. « Dans l'après-midi. »

Je n'étais pas fier. Est-ce qu'elle pensait que j'abandonnais mon fils ? J'ai bredouillé qu'il ne voulait pas me voir, qu'il était trop fatigué.

« C'est à cause du livre ? »

J'ai dû avoir un mouvement de recul parce qu'elle m'a retenu par le bras. Elle m'a dit de ne pas m'inquiéter. Pierre en parlait sans cesse. Dans le service, tout le monde savait.

« C'est souvent comme ça avec ce type de maladies. Le patient se fixe sur quelque chose. C'est une sorte de protection. Son cerveau se détourne de la douleur. »

Je n'ai rien répondu et elle a continué. « C'est parfois compliqué pour l'entourage. Dans votre cas, l'histoire du manuscrit altère beaucoup son humeur. Mais c'est important. Essentiel même. Ça lui donne un but. »

Elle m'a souri de nouveau.

« C'est crucial, vous savez. Ça lui permet de s'évader. »

De nouveau, je n'ai pas su quoi dire. S'évader. Ça sonnait bien.

Une collègue l'a appelée et elle a fait signe qu'elle arrivait.

« Ne vous faites pas trop de souci. Revenez cet après-midi, je suis sûr qu'il ira mieux. Et surtout ne négligez pas cette histoire de manuscrit. C'est trop important pour lui. »

Elle s'est éloignée de quelques pas, puis elle s'est tournée vers moi.

« Et puis qui sait ? Il sera peut-être publié un jour ! »

De retour à l'appartement, j'ai noté les adresses des éditeurs. Ils étaient regroupés à Paris, tous en plein cœur de la capitale ; ça ne me surprenait pas. Je suis monté dans mon taxi. Il y avait pas mal de route, mais j'ai roulé sans m'arrêter. Je me sentais de mieux en mieux. J'avalais les kilomètres, mes mains glissaient sur le volant. J'agissais enfin.

Devant la porte du premier, j'ai sonné mais personne ne m'a ouvert. Il était midi passé. Je n'avais pas envie d'attendre, alors j'ai parcouru ma liste pour en choisir un gros. Celui-là, j'en avais déjà entendu parler.

J'ai quand même été surpris de tomber sur un immeuble entier. Le nom inscrit partout sur la façade, c'était impressionnant. À l'accueil, j'ai été sobre. « J'ai envoyé un manuscrit, je voudrais savoir. » Le type a fait la moue. « Désolé, je ne peux rien faire. Il faut être patient, nous en recevons beaucoup. » Il m'a assuré que mon manuscrit serait lu et étudié. Il a précisé : « Avec attention. »

J'ai expliqué que c'était plus compliqué, mais il s'agaçait déjà.

« Monsieur, ce n'est pas la peine d'insister. »

J'ai senti que ça montait en moi. Je ne voulais pas. J'ai demandé pourquoi il fallait autant de temps.

« Ça fait un mois ! »

Je n'aimais pas mon ton, la colère qui s'y glissait. L'homme m'a dit avec fermeté :

« Monsieur, je vous demande de bien vouloir sortir. »

Une femme est arrivée, elle portait un pantalon de costume et une chemise blanche retroussée aux coudes. J'ai noté la manière dont le réceptionniste la regardait : c'était quelqu'un d'important.

C'est là que j'ai paniqué. J'ai coupé la parole au type de l'accueil. J'ai raconté n'importe comment. La femme ne comprenait rien ; ça se lisait sur son visage. J'ai parlé de Pierre et d'hôpital. Elle m'a demandé si c'était un personnage de mon livre. J'ai dit que non, que c'était à cause du cancer. Elle a froncé les sourcils. Je n'en revenais pas. Le ridicule de la situation, ça m'anéantissait. C'est difficile d'assister à sa propre chute. Les mots sortaient et ce n'était plus les miens. C'était de pire en pire.

Soudain, j'ai eu honte. C'est venu d'un coup, une honte indescriptible. Je leur ai tourné le dos et je me suis enfui. J'ai mis un kilomètre de rues entre eux et moi avant de réussir à m'arrêter. J'étais à bout de souffle. Je me suis assis sur un banc, vidé de tout. Il n'y avait plus rien ; plus de colère et plus de honte. J'étais juste fatigué. Oui, c'est ça. Trop fatigué. Une lassitude infinie qui se diffusait jusque dans mes membres. J'ai déchiré les adresses. Les confettis de papier flottaient entre mes jambes.

2

J'ai mis du temps à l'accepter. Condamné à ne pas savoir. Il faut comprendre, l'ignorance est un poison. Mais c'est sans doute ma faute.

L'enquête n'a pas traîné. Il n'y avait qu'un seul témoin : il avait simplement vu « une voiture rouler trop vite et percuter un arbre ». Lucille n'avait rien dit, elle n'avait pas laissé de lettre. Alors qu'est-ce que vous voulez conclure ? Plus personne n'y pouvait rien. Je n'ai aucun ressentiment.

Après, c'est du domaine de l'imagination. Ou de la foi. On a beau se raisonner, ça ne marche jamais vraiment. Est-ce qu'on peut s'arrêter de réfléchir ?

Un accident. Un accident. Un terrible accident.

Je l'ai répété des milliers de fois. Juste pour étouffer la peur, pour tromper la culpabilité.

Un jour François a suggéré que ça aurait pu être volontaire. J'ai répondu sincèrement que non, je n'y croyais pas. Lucille était malade, mais de là à se foutre en l'air…

Alors pourquoi ? Il y a toujours ce doute. Il traîne, il est partout ; il me bouffe tous les jours un peu. Je cherche des preuves qui n'existent pas. Et la même question qui revient sans cesse : est-ce que c'est aussi ma faute ?

La vérité, c'est que je n'en sais rien. Au fond, ce ne sera jamais vraiment un accident.

Ça ne sera jamais un suicide non plus.

Est-ce qu'il y a quelque chose entre les deux ?

3

Depuis l'hospitalisation de Pierre, je vois plus souvent François. C'est surtout lui qui m'appelle. Ça me fait du bien, même si c'est compliqué parce que tout s'est embrouillé. Je n'ai plus beaucoup d'envies ; je dois être difficile à vivre.

Je ne suis jamais partant pour sortir, alors François s'invite à l'appartement. Il apporte à manger. Après le repas, il m'a demandé s'il pouvait allumer une cigarette. Je dis oui à chaque fois, mais lui continue de poser la question.

Il est allé jusqu'à la fenêtre et je l'ai entendu craquer une allumette. Il me tournait le dos, je voyais la fumée monter dans la nuit.

« Comment va Pierre ? »

Ça m'a surpris. D'ordinaire, il ne lance pas le sujet lui-même. Il me laisse faire et je crois que j'apprécie.

J'ai bredouillé quelque chose et il a secoué la tête.

« Excuse-moi, Jean... C'est juste que... Aujourd'hui, t'as vraiment pas l'air en forme. »

J'ai baissé les yeux. Ça m'embêtait de le savoir inquiet. J'ai eu envie de lui dire à quel point je l'aimais, mais les mots sont restés coincés dans ma gorge. C'était mieux, ça aurait été un peu ridicule. Je ne fais pas ce genre de déclaration.

Il s'est rallumé une cigarette et d'un coup, je me suis mis à parler.

J'ai raconté l'histoire du livre. J'ai essayé d'expliquer ça en gardant mon calme, mais les mots m'ont échappé. C'était étrange ; je ne contrôlais plus mes phrases. C'était comme écouter un autre type. Je me suis demandé si je devenais fou.

Je voulais me taire. Mes lèvres continuaient de remuer. J'entendais ma voix, elle venait de loin. Elle s'élevait dans le salon, elle rebondissait contre les murs. Il y avait ces accents trop aigus qui m'échappent quand je m'énerve ; c'était assourdissant.

J'ai compris que c'était ça qui m'était arrivé, un peu plus tôt, devant l'éditrice en chemise blanche. L'indépendance de ma bouche et la démission du reste. Un pont. De la poitrine jusqu'à la langue. Un flot de paroles qui s'empilaient devant moi. C'était difficile à supporter. Est-ce qu'il voulait entendre ça, François ?

En fait, c'était trop tard. J'étais désolé mais je n'y pouvais rien. Je n'avais pas de prise.

Ça se jouait ailleurs, au niveau des tripes. Il y avait une force, elle décidait de passer outre. La pudeur, la réserve et toutes ces choses que l'on s'impose ; elle n'en avait plus rien à foutre. Elle faisait hurler mon âme et moi je subissais aussi.

Puis le silence ; je n'osais plus lever les yeux. Je ne savais pas combien de temps j'avais parlé. François s'est assis sur le fauteuil en face du canapé. Une odeur de tabac se promenait dans la pièce. Je voyais ses mains ; il jouait avec son alliance. Il la faisait tourner autour de son doigt puis remonter jusqu'à la dernière phalange. C'était un bel anneau doré aux reflets rouges. Je ne l'avais jamais vraiment remarqué.

« Écoute, Jean… »

Il m'observait d'un air embarrassé. Il hésitait, j'ai senti qu'il retenait ses mots. Ça se bagarrait sous son crâne.

« Je ne sais pas si ça peut t'aider, mais il se trouve que je connais une éditrice. C'est un petit truc, hein, ils produisent à peine quelques livres. Mais bon… Je ne sais pas… Peut-être que je pourrais lui filer le bouquin de Pierre. »

J'ai dû faire un énorme effort pour garder mon calme. Tout est devenu flou. Mon cœur s'est mis à battre fort, le reste s'est bloqué. Les yeux de François me suppliaient de ne pas m'enflammer. Les secondes passaient, j'avais envie de danser. Je voulais lui sauter au cou, le prendre dans mes bras. Rien n'était encore gagné, non ; mais pour la première fois, on me donnait un peu d'espoir. François m'ouvrait une porte. Presque rien, un trait de lumière dans l'entrebâillement. Une bouée minuscule. C'était peu, mais c'était déjà quelque chose.

Bon, quand même, je me suis retenu. Par pudeur et par respect pour lui. J'ai demandé des détails avec l'air détaché et ça l'a rassuré. Il m'a expliqué que son amie travaillait pour une jeune maison d'édition. Il se proposait de lui envoyer le manuscrit. « Comme ça, on aura la certitude qu'il sera lu. »

Il m'a fixé longuement puis il a murmuré.

« Et puis après tout, si ça plaisait… »

Il n'a pas fini sa phrase. Je n'ai pas insisté. Je crois qu'à sa place j'aurais pris les mêmes précautions.

Je suis quand même allé chercher une bouteille de whisky. J'en avais du bon, un écossais vingt ans d'âge que je gardais pour les grandes occasions. Il restait les trois quarts de la bouteille et je me suis dit que ma vie manquait d'occasions. Peut-être que je suis trop exigeant.

Au fond, c'est vrai qu'on ne devrait jamais attendre. Toutes ces choses que l'on préserve ; c'est un coup à mourir sans en profiter.

4

Je suis arrivé en avance au rendez-vous. Il faisait beau. J'ai préféré me promener le long du fleuve pour passer le temps. Dans le centre, les quais sont magnifiques. Les bâtiments nous rappellent à notre insignifiance. J'avais de plus en plus chaud, je frissonnais. Le visage de Pierre me revenait sans cesse en tête.

Je me suis arrêté devant une plaque. *À la mémoire des milliers d'enfants déportés pendant la guerre*. J'ai pensé à tous ces morts. Ça ne m'a rien fait.

Je suis revenu sur mes pas. Je me sentais mal, mais j'essayais de ne rien laisser paraître. J'avais peur à cause de l'éditrice. Lorsqu'on abat sa dernière carte, on attend et on se tait. Je me suis répété que ce serait bientôt fini. Ce soir je payerai peut-être une tournée quelque part.

Je suis entré dans le restaurant et l'endroit m'a fait du bien. La chaleur de la salle, sans doute les poutres apparentes, des tables et des chaises en bois. Il y avait des tableaux aux murs, un sous-marin jaune accroché derrière le bar. Ils étaient à vendre. De petites étiquettes blanches pendaient au-dessous des cadres.

J'ai donné le nom de la réservation. J'ai été soulagé de ne compter que trois couverts. Il n'y aurait pas de surprise, pas de témoin.

J'ai commandé un verre de blanc.

« Un chablis ? »

J'ai dit oui. J'aurais dit oui à n'importe quoi.

J'ai attendu trois verres. Le temps ne passait pas, je jouais avec l'extrémité de ma serviette. Je ne crois pas que je réfléchissais. Pierre, il dit que c'est pas possible d'attendre sans réfléchir. Moi, je pense que si.

Ils sont finalement arrivés. François m'a serré la main et m'a présenté son amie éditrice. J'avais imaginé une grande mince, cheveux lisses, un peu froide. Elle était petite, ronde, bouclée et rayonnante. Derrière ses lunettes, ses yeux m'ont disséqué. Elle a dit qu'elle était enchantée. J'ai pensé qu'elle avait le look d'une ancienne hippie.

François a regardé mon verre vide. Il a commandé une bouteille. On s'est installés et il a demandé comment j'allais. J'ai dit « bien ». J'ai toujours trouvé cette question sans intérêt.

Il a embrayé, il a fait parler l'éditrice. Elle était vraiment rigolote, de jolies fossettes creusaient ses joues lorsqu'elle souriait. En d'autres circonstances, je l'aurais sûrement appréciée.

Elle m'a décrit le monde de l'édition. Un manuscrit sélectionné sur mille, la grande loterie. Les chiffres qu'elle annonçait me faisaient tourner la tête. Elle a embrayé en expliquant qu'une fois publiés, c'était beaucoup de déception pour les auteurs. « Les ventes ne suivent que rarement. »

J'ai hésité. Je me suis quand même entendu demander : « Et pour Pierre ? » Son visage s'est tendu. À peine une seconde, mais j'avais compris.

J'ai essayé d'écouter ce qu'elle racontait. Il y avait du bon, je voulais être capable de le dire à mon fils. Son manuscrit n'était pas mauvais, il y avait de beaux passages ; mais ce n'était pas suffisant. La structure était trop faible, le final trop long.

« Peut-être qu'avec plus de travail... »

Sa voix s'est éteinte. Elle s'est excusée des yeux et j'ai fait signe que tout allait bien.

Je ne me souviens plus de la suite du repas. C'était un supplice pour elle aussi. En bon copain, François a fait la conversation. Je ne sais pas si j'ai parlé. Peut-être pour dire une ou deux banalités. Je l'ai remerciée quand elle est partie parce que je ne voulais pas qu'elle se sente coupable.

François a commandé deux cognacs. Il fixait la table sans rien dire.

« Je ne pourrai pas. »

Il a levé les yeux vers moi, interloqué.

« Comment ça, tu ne pourras pas ? »

J'ai eu envie de pleurer, une envie terrible. Un truc incroyable est monté dans ma poitrine. Je n'en pouvais plus. Ça devait sortir. C'était moche que ça tombe sur François, mais c'était peut-être mieux.

Je lui ai dit que je ne pouvais pas dire à Pierre que c'était fini, que son manuscrit ne serait jamais publié ; qu'il allait peut-être mourir sans que moi, son père, je n'aie pu y changer quelque chose. J'ai dit que d'ailleurs je ne voulais pas qu'il meure. Il n'y avait aucune raison, ce n'était pas juste. J'ai dit qu'après tout, ça pouvait être moi, ou François, ou l'éditrice rigolote. Alors oui, pourquoi Pierre ? Pourquoi mon fils, hein ? Non, vraiment, je ne comprenais pas. D'ailleurs puisque son livre n'était pas publié, il n'y avait plus aucune raison de mourir. Il avait bien le droit d'en écrire un deuxième. Après tout, les autres écrivains pouvaient bien en écrire plein. Et d'ailleurs, j'emmerdais les écrivains et leurs éditeurs à la con. Et je l'emmerdais lui aussi, François, mon pote qui n'était pas foutu de me trouver une éditrice compréhensive. Parce que c'était vrai. Qu'est-ce qu'ils nous emmerdaient avec leurs mille manuscrits refusés ? Moi, je n'en demandais qu'un. Ce n'était quand même pas la mer à boire.

J'ai remarqué que les autres clients nous regardaient. Je m'en foutais, mais j'étais gêné pour François. J'ai pris mon cognac et je l'ai vidé d'un trait. Ça m'a brûlé la gorge.

Je suis sorti dans la nuit et j'ai marché au hasard. J'avais laissé François sans rien ajouter d'autre. J'ai aperçu un tabac et je suis entré pour acheter des cigarettes. Je n'avais plus fumé depuis vingt ans. Arrêté net, à la naissance de mon fils. C'était pas tellement pour moi ; j'avais entendu à la radio une histoire de fumeur passif.

Le buraliste ne prenait pas la carte en dessous de quinze euros. Ça m'a énervé et je lui ai dit. J'ai payé trois paquets et j'en ai laissé deux sur le comptoir. Je trouvais que ça en jetait. J'ai entendu « sale con » en sortant, mais je ne me suis pas retourné.

Je n'avais pas de briquet. Je me voyais mal retourner dans le tabac, alors j'ai attendu de trouver quelqu'un. On était mardi soir mais c'est l'avantage des villes : on n'est jamais totalement seul. C'est une jolie métisse qui m'a tendu du feu. J'ai eu du mal, il y avait du vent. Quand j'ai fini par y arriver, j'ai toussé en lui rendant. Elle a souri sans oser rire.

Deux taffes plus tard, la tête me tournait déjà. Je me suis forcé à tirer encore. Ça me brûlait, mais c'était rien par rapport à Pierre.

J'ai inspiré de toutes mes forces et j'ai eu une quinte de toux qui m'a plié en deux. La cigarette s'est échappée de ma main. J'ai pris le paquet et je l'ai jeté par terre. Un SDF a surgi de derrière un porche. J'ai reculé d'un pas. Il a haussé les épaules et a été le ramasser. Quand il a vu qu'il était plein, il m'a toisé avec mépris avant de filer.

Je me suis traîné jusqu'aux quais. Je suis descendu le long du fleuve. Des clochards éclusaient joyeusement leurs bouteilles. Je me suis assis à l'écart, penché au-dessus de l'eau, les coudes plantés dans mes cuisses.

Elles sont encore plus belles de nuit, les berges. Les bâtiments scintillent sur la surface, c'est comme contempler les étoiles la tête baissée. J'ai réalisé que je pleurais en voyant mes larmes crever le ciel.

J'ai pensé à Pierre, à sa déception. Je me suis dit que j'avais échoué, qu'il n'y avait plus rien. Il restait deux, trois noms sur ma liste, mais j'avais compris. L'éditrice rigolote avait bien fait son boulot. Pierre ne publierait pas. Pierre ne publierait jamais.

Je me faisais du mal, j'en avais besoin. J'avais envie d'appuyer comme on appuie sur une plaie. Juste pour la vue du sang. Est-ce que j'avais raté quelque chose ? J'étais son père ; les parents doivent pouvoir décrocher la lune.

Il y a eu un cri. J'ai tourné la tête mais je n'ai rien vu. C'était peut-être plus loin, dans l'obscurité d'un pont. J'ai douté. J'avais dû rêver. De toute façon, ça bourdonnait trop à mes oreilles. J'ai senti les pulsations contre mes tempes. J'ai voulu replonger mais je ne pouvais plus. Le cri m'avait sorti de moi. Le vent me coulait sur la nuque.

Je sentais le monde me rappeler à l'ordre.

5

Pierre n'a pas décoché un sourire lorsque je suis entré. Je l'ai trouvé pâle, d'une blancheur effrayante. J'ai essayé d'engager la conversation. J'ai demandé comment était sa soirée et il m'a répondu qu'il ne savait pas, qu'il ne voyait plus la différence. « Le jour, la nuit, c'est pareil. » Il paraissait tendu, épuisé. Il a quand même fini par me dire qu'il avait regardé un film.

« Je n'ai pas réussi à aller au bout. »

Il y a eu un silence. Je savais que son traitement altérait sa concentration. Il ne pouvait pas lire longtemps non plus.

Je me suis assis sur le fauteuil à côté de lui. J'étais surpris qu'il ne parle pas du livre. J'ai hésité – peut-être qu'il finirait par renoncer. Jusqu'ici, il avait gardé les yeux rivés sur la fenêtre.

« Tu devrais y aller. »

Ça m'a coupé le souffle. La dureté de sa voix, à quel point il essayait de me faire mal.

Je savais qu'il m'en voulait et j'ai eu envie de l'encourager. Je la prenais, sa douleur ; je la prenais même avec plaisir. Si ça pouvait le soulager. Moi aussi, je savais souffrir. Être avec lui, ou à sa place.

Il ne me regardait plus. J'ai senti venir des larmes alors je suis sorti. Dans le couloir, j'ai appuyé ma tête contre le mur. Il fallait que l'émotion descende, le sang affluait dans mes tempes. J'ai eu envie de vomir et je me suis dirigé vers les toilettes. Il n'y avait personne. J'ai poussé une porte et j'ai pris le temps de mettre le verrou avant de m'agenouiller. Ça ne venait pas. J'ai enfoncé un doigt dans ma gorge. Une fois, deux fois. La troisième, j'ai senti mon estomac s'enrouler. J'ai vomi du café. C'était noir, j'étais surpris d'en avoir bu autant. J'ai recommencé, mais c'était de la bile et ça me brûlait la gorge.

Quelqu'un est entré. Je me suis essuyé la bouche et j'ai tiré la chasse d'eau. J'avais peur d'être trop rouge, peur que ça se voie. J'ai inspiré à fond. Le type s'était enfermé dans la cabine d'à côté.

Devant le miroir, j'ai croisé une tête blanche et fatiguée.

Dans le couloir, j'ai aperçu l'oncologue. Lorsqu'elle m'a vu, elle a interrompu sa discussion et s'est dirigée vers moi. Il y avait l'escalier entre nous. J'ai voulu accélérer, m'enfuir par les marches. Mes jambes ont refusé.

« Monsieur Marès ? »

J'ai pris sa main. Elle souriait poliment. Elle était passée dans la chambre de Pierre mais je n'y étais plus. Elle voulait me parler. « Peut-être un café dans mon bureau ? » J'ai repensé à la gerbe dans la cuvette. Un noir opaque. J'ai dit oui et elle a souri de nouveau.

Son bureau était situé dans l'autre aile. Un réduit, presque un bout de couloir. Moi qui la trouvais si impressionnante, elle perdait de sa superbe en m'accueillant ici. Il y avait une table, un ordinateur posé dessus ; à peine la place pour un carnet de notes. Deux chaises se faisaient face.

Les murs étaient entièrement nus. Pas un tableau ou une photo. J'ai inspecté la table : pas le moindre portrait de ses enfants. Je lui ai fait la remarque et elle a cligné des yeux. « Je n'en ai pas. » Elle m'a expliqué qu'elle partageait l'endroit avec un autre spécialiste. J'ai repensé à un reportage que j'avais vu sur l'hôpital. J'avais changé de chaîne parce que je trouvais absurde de plaindre des médecins.

Elle m'a demandé comment je voulais mon café. Je n'ai pas réagi tout de suite. « Vous n'en voulez plus ? » Ça m'est revenu. J'ai dit : « Si, si. Noir sans sucre. »

Je ne savais pas où regarder. Le mur du fond était vitré, avec une fenêtre basculante sur la partie supérieure. Elle était retenue par une tige en fer – même ouverte au maximum, il y avait à peine de quoi laisser passer un filet d'air. Ça m'oppressait. Je me suis demandé pourquoi on installait des systèmes pareils. Dessous, un caisson gris masquait une bonne partie de la lumière.

Elle a posé le gobelet en plastique devant moi et s'est assise. Elle a pianoté sur son ordinateur. Elle lisait ses notes en fronçant les sourcils – un vrai truc de toubib. Finalement, elle a levé les yeux vers moi. Ils étaient verts, magnifiques. Elle les a plantés au fond des miens.

« L'état de Pierre s'est aggravé.

— Oui, j'ai vu. »

Elle a détaillé. Le cancer se généralisait.

« C'est extrêmement douloureux. Le foie et les poumons sont attaqués aussi. Les cellules ont métastasé. Il est sous morphine pour le moment, on va voir si son état se stabilise. »

J'avais mal au crâne. Il faisait chaud, le bureau était trop petit. On n'a pas idée de parler cancer dans un placard. J'ai bu une gorgée de café. Mon regard s'est perdu sur ses épaules. Derrière, il y avait toujours la fenêtre. J'ai fermé les yeux.

La sécurité, c'est pour les pères qu'on la mettait.

Elle a pris une longue inspiration. Je me suis raidi. J'ai vu tout de suite qu'elle regrettait d'avoir marqué le coup. J'avais compris et c'était trop tard ; j'étais déjà sur mes gardes.

« Monsieur Marès. »

Elle murmurait. Sa voix était douce et ça faisait du bien.

« Il faut bien que vous compreniez quelque chose. »

J'ai acquiescé, l'air de dire que j'étais prêt. « Maintenant, votre fils est en soins palliatifs. On ne soigne plus, on se contente de traiter la douleur. »

J'ai répété : « On ne soigne plus. »

Toujours ses yeux verts, coincés entre les miens.

« C'est pour l'accompagner, vous comprenez ? Pour maintenir au mieux sa qualité de vie. »

J'ai dit que oui, je comprenais. Je ne mentais pas. Je comprenais. Je le sentais à la douleur dans ma poitrine. Je comprenais.

Une colère froide est montée en moi ; je ne m'y attendais pas. Je me suis énervé. Maintenir sa qualité de vie. Qu'est-ce que ça voulait dire ? C'était quoi sa qualité de vie à mon fils ? Je ne saisissais pas. Qu'est-ce qu'il fallait maintenir ? Il avait encore une vie ? Avec ce monstre dans les entrailles, cette chose qui le dévorait de l'intérieur ? Chaque jour je le voyais s'éteindre. Mon fils, cloué sur ce lit, abruti par les traitements. Et condamné en plus ?

« On ne soigne plus », j'ai répété. Je crois même que j'ai crié.

De quoi est-ce qu'on allait maintenir la qualité s'il était déjà mort ?

Elle a baissé les yeux.

« Je suis désolée. »

Moi, je n'en pouvais plus de tous ces gens désolés. Je ne voulais pas qu'on soit désolé. Je ne voulais pas qu'on maintienne sa qualité de vie. Je voulais qu'on maintienne sa vie. La qualité, ça viendrait après. Et puis cette partie-là, c'était mon rôle. Moi, je saurais m'en occuper de la qualité. Mais il fallait d'abord me le rendre, faire un peu son boulot. C'était quand même dingue cette histoire. Et qui avait décidé, d'ailleurs, pour l'arrêt des soins ?

Elle m'a dit de me calmer. J'aurais voulu qu'elle m'engueule mais elle l'a dit très gentiment. C'était pire et j'ai eu honte. Je me suis levé. Je l'ai entendue dire : « Revenez me voir dès que ça ira mieux. » J'ai marché vers l'ascenseur. Je sentais le sang me monter au visage.

Sa qualité de vie.

Et moi ? Qu'est-ce que j'avais fait pour sa qualité de vie ? J'ai revu le visage fermé de Pierre. Ses yeux me hurlant de l'aider. Le regard d'un fils abandonné par son père. Sa qualité de vie.

Les portes se sont ouvertes mais je n'ai pas bougé. Derrière moi, une infirmière a demandé : « Vous ne montez pas ? » J'ai fait volte-face.

J'ai repris le couloir en sens inverse. Je ne commandais plus. Je suis arrivé devant la chambre et j'ai ouvert sans frapper. Pierre somnolait. Je me suis assis à côté du lit et j'ai pris sa main.

« Pierre ? »

Il a ouvert les yeux. Péniblement. Je ne sais pas s'il m'a reconnu. Quand même, il a fini par se redresser un peu.

« C'est papa. Tu m'entends, Pierre ? »

Il m'a fait signe de la tête. J'ai murmuré en me penchant sur lui :

« Un éditeur a téléphoné. »

6

Aujourd'hui, je ne suis pas allé le voir. Manque de courage. Ou alors c'est autre chose, je n'avais plus envie. Peut-être aussi que je lui en voulais.

J'ai pris la route. J'ai roulé jusqu'à la côte. Je pensais à mon fils et ça me tordait les tripes. C'était possible de l'oublier ? Ou encore mieux : de ne jamais l'avoir eu ? Oui, ça me plaisait cette idée-là. Seul, j'aurais pu avoir une chance. J'aimais des gens, mais ils me détruisaient. Lucille, maintenant Pierre. Ne jamais aimer, c'est s'épargner en fin de compte.

Je pensais trop et la pédale s'écrasait contre le plancher. Je dérivais, je glissais loin du monde. J'étais si fatigué d'être ce type, cette moitié d'homme, ravagé de peur et de chagrin. Et puis cette culpabilité, un truc qui n'en finissait plus. Il fallait bien que ça s'arrête. J'avais menti, d'accord ; mais ce n'était pas ma faute. On me forçait. Pierre, ses yeux, sa souffrance placardée partout. Personne ne m'avait rien donné, pas le moindre espoir. On prenait mes futurs pour les bousiller juste sous mes yeux. Des vies entières, d'un coup. Pas seulement Pierre, la mienne aussi. Et puis Lucille.

Je roulais et la douleur se diffusait. Comme une vague, jusqu'au bout des doigts, mais moins violente quand même. J'avais envie que tout s'arrête. Fermer les yeux. C'était simple, il suffisait d'attendre. La lente déviation d'une trajectoire rectiligne. Sortir enfin, quitter ce foutu tracé. Il y aurait l'impact, violent, sourd, immédiat. Irréparable, avec un peu de chance.

Je cogitais et c'était lâche ; je l'étais déjà tellement. En fin de compte, mourir, c'était sans doute le plus facile.

Je n'ai pas fermé les yeux. J'avais envie de plonger. L'apnée, ça me manquait. Cette tranquillité, c'est quelque chose que je n'ai jamais trouvé ailleurs. J'ai serré les mains sur le volant et je me suis dit qu'en me concentrant je pouvais faire disparaître le poids dans ma poitrine.

Quand je me suis garé devant la plage, mon cœur battait plus lentement. J'ai enfilé mon équipement, je me suis étiré. Je fixais la mer et elle s'imposait comme une évidence.

En fait, je ne me souviens pas avoir jamais rêvé d'autre chose. Je veux dire, gamin, déjà ça me démangeait. Il me suffisait de poser les yeux sur la surface. Imaginer dessous, rien que ça, c'était grisant. Et puis au loin, bien sûr, derrière la ligne. Souvent, quand c'était calme, j'attendais debout, les bras le long du corps, l'oreille alerte. C'est comme ça que j'ai appris à voir venir. Un peu de vent et tout qui se met en branle. Ça commençait toujours pareil : une ride sur la surface, un drapeau tressautant à l'entrée du port. J'ai toujours aimé ce lent mouvement de masses, le vieux moteur qui toussote avant de démarrer. Les ondes déferlaient et ça me fascinait de savoir qu'elles venaient de l'autre bout du monde.

Lucille aussi, elle aimait ça. On s'asseyait sur les rochers, tous les deux, juste pour regarder. Comme on fait devant un feu, sans dire un mot. Les yeux braqués sur le tremblement des flammes. Parfois, elle se collait contre moi et je l'entendais respirer. Son cœur à elle, il battait trop vite. Ça m'inquiétait mais je ne disais rien. Ma Lucille, je ne crois pas qu'elle aurait pu plonger avec nous.

Je me suis glissé dans l'eau et j'ai senti le froid courir sous ma combinaison. Bientôt, ce serait chaud, mais il y a d'abord une transition. J'ai regardé vers le bas et j'ai palmé pour m'éloigner. Près du bord, les vagues soulevaient trop de sable.

Quand j'ai atteint les rochers, il y avait sept mètres sous la surface. J'ai poussé un peu plus loin. J'ai nagé presque une demi-heure, je n'apercevais plus le fond. J'ai plongé trois ou quatre fois – rien de grandiose, des apnées de deux minutes. C'était agréable de ne plus respirer. J'aimais le vide autour ; le silence, quand le cœur s'efface.

En remontant, j'ai senti un courant qui me poussait au large. C'était léger et je me suis amusé à laisser faire. J'ai fini par atteindre la surface. J'ai expiré dans le tuba pour libérer l'eau ; je ne voulais pas sortir la tête. Parce qu'il n'y a que là que je peux me relâcher. Je veux dire, moi, je suis toujours à réfléchir. Des ennuis, il y en a tout le temps. Des petits, parfois, c'est vrai ; et d'autres, un peu plus gros. Mais j'ai toujours l'impression qu'il faut se battre. Alors je fatigue. C'est quand d'ailleurs qu'on peut souffler un peu ? Sur la tombe de Lucille, ils avaient écrit « Repose en paix ».

Je n'ai jamais su. Est-ce qu'elle a été heureuse ? Pas seulement avec moi, mais heureuse tout court, dans sa vie quoi. Comment est-ce qu'on peut savoir ? Parce que c'était toujours pareil. En fin de compte, ça dépend du point de vue. Parfois, je la trouvais radieuse. Je me disais que, malgré tout, le bonheur, elle avait fini par le trouver. Aujourd'hui, je ne sais plus. C'était juste mon impression et ça ne vaut rien. Il n'y a que la réalité qui compte. Alors pourquoi est-ce que je n'ai jamais pris la peine de lui demander ?

J'ai fini par redresser la tête et j'ai compris que j'étais loin. J'avais dérivé sur plusieurs mètres. De nouveau, c'était tentant. J'ai battu des pieds et j'ai réalisé que je n'avançais pas. Le courant me tirait dessus. J'ai eu soudain la vision de mon corps perdu au large – ça a fait comme un coup de fouet. Tout en moi s'est réveillé. L'adrénaline dans chacun des muscles. J'ai donné de grands coups de bras et c'était mieux. J'avançais, la mer me déportait. Ça devenait trop dur. Je me suis demandé si j'allais tenir.

C'était étrange et ça tournait devant mes yeux. Des visions floues – ceux que je laissais. Il y avait François et puis les parents de Lucille. J'étais surpris parce que ça n'avait pas l'air de leur faire plaisir. Je voyais des choses, certaines que je n'aurais pas imaginées. Dans le fond, il y avait mon taxi noir.

Je buvais la tasse, je ne voyais même plus la plage. Je donnais le maximum. Soudain, Pierre est apparu. On lui expliquait que j'étais mort en mer. Il ne pleurait pas, il faisait non de la tête. « Noyé ? » il demandait. « Impossible », c'était moi qui lui avais appris à nager. « Ça ne colle pas », il répétait.

Moi, je luttais de plus en plus fort. Les jambes, les bras. Parce que je crevais d'envie de le voir encore. Je n'ai jamais cru en une force supérieure, mais là je suppliais quand même. C'était pas facile avec cette flotte dans ma bouche. « S'il vous plaît, juste le voir encore une fois. » J'avais honte, ça me labourait l'estomac. Ma fuite, mes pensées morbides. Et je ne voulais pas le payer trop cher, alors je nageais dur ; mon corps entier se débattait dans l'écume. Je sentais que je me fatiguais et ça me donnait envie de pleurer. J'ai poussé encore et j'ai eu l'impression d'arracher tout ce qui restait. Un dernier coup, pour ne rien regretter. Et puis j'ai senti un choc sur mon épaule. Ma main s'est écrasée sur le sable et j'ai relevé la tête. J'étais à plat ventre dans vingt centimètres d'eau.

7

« Pardon ?! »

Sa voix m'a un peu énervé. Ça m'a fait peur, aussi. J'ai senti la surprise d'abord, puis la pointe d'indignation. J'ai fait abstraction du ton. Elle ne devait pas voir les failles. Ma trouille, avec le doute à l'intérieur. C'était foutu si elle s'en rendait compte.

J'ai expliqué de nouveau, le plus clairement possible. Je voulais qu'elle joue une éditrice. Une employée d'une grande maison, en charge du manuscrit de Pierre Marès. Ce n'était pas si compliqué. Il fallait rencontrer mon fils, une fois ou deux. Lui faire comprendre que ça avançait. Elle n'avait qu'à faire comme d'habitude. D'ailleurs c'était son métier, non ? Et bah voilà. Tout pareil, mais pour de faux.

Elle a grimacé. J'ai dit que je comprenais la difficulté, mais je ne connaissais personne d'autre. Et puis c'était très bien payé. Oui, ça ne serait pas un problème. J'étais prêt à mettre ce qu'il fallait.

Elle a réajusté ses lunettes. Elle tremblait de partout. Une colère sourde. C'était compréhensible, je la mettais au pied du mur.

« Je... je ne peux pas. »

J'ai demandé calmement pourquoi. Elle a répondu qu'elle ne cautionnait pas. J'ai senti qu'elle voulait en dire plus, mais elle s'est retenue. J'ai dit que ce n'était pas le problème. Elle a dit si. J'ai dit non en avançant la tête. C'était un peu ridicule.

Un lourd silence s'est installé. C'était chez elle que ça se jouait, moi je n'y pouvais plus rien. J'étais inquiet, pas sans ressources. Il restait les acteurs. Je pouvais toujours en trouver un au chômage qui serait prêt à jouer le jeu.

« Ce que vous demandez... ça n'a pas de sens. Le livre n'existe pas... Et puis, je ne suis qu'assistante d'édition, comment voulez-vous que...

— Vous croyez vraiment que c'est important ? »

Elle n'a pas relevé. J'ai vu de la peur dans ses yeux, alors j'ai insisté.

« On s'en fout de ça. Vous connaissez ce métier, vous êtes la mieux placée pour tenir le rôle. Je ne vous demande pas d'être d'accord avec moi. Je vous demande de m'aider.

— Vous me demandez de mentir. »

J'ai secoué la tête.

« Je vous demande de lui dire ce qu'il veut entendre. »

J'avais mal au crâne. Je n'aimais pas la tournure que ça prenait. Je n'avais pas à me justifier, pas devant elle. Je me foutais de ce qu'elle pouvait penser. J'ai eu envie de me lever, de lui dire d'aller se faire foutre, de me diriger à Pôle Emploi et de trouver un intermittent. Mais je n'ai pas osé. Je n'avais pas confiance ; un acteur prendrait trop d'initiatives. Et puis s'il était au chômage, c'est qu'il était mauvais.

J'ai murmuré :

« Ne vous en faites pas, de toute façon ça ne durera pas longtemps. Il est en phase terminale. »

Cette fois-ci, c'est de l'horreur qui est passée sur son visage. Elle a détourné les yeux et elle a capitulé.

Elle a précisé qu'elle ne voulait rien. Pas de consigne, pas d'explication et surtout pas d'argent. Elle m'a dit qu'elle n'irait qu'une fois et que c'était déjà trop. Elle serait seule, un jour qu'elle choisirait. Je ne devais jamais la rappeler.

J'ai répondu qu'une fois, c'était peu.

« C'est ça ou rien. »

J'ai accepté.

Elle a mis quatre jours à se décider. J'allais voir Pierre chaque matin à l'hôpital. Quand j'ai dit qu'une éditrice allait passer, il m'a remercié. Ça m'a fait bizarre. Merci. Pourquoi ? J'ai failli lui poser la question.

Les quatre jours ont été longs. Pierre voulait un numéro de téléphone, il disait qu'il n'avait pas le temps. Il répétait ça et moi je sentais un feu dans ma poitrine. J'ai fini par m'énerver. J'ai dit qu'il fallait qu'il se calme. Qu'il avait le temps, qu'elle allait venir, que je n'avais pas élevé un gamin capricieux. J'ai crié et ça l'a détendu.

Tout ce temps, j'ai joué au type sûr de lui. J'essayais de le rassurer mais, au fond, j'avais la trouille. J'ai hésité à appeler. Je commençais vraiment à m'inquiéter, mais finalement, elle a tenu parole.

C'était le cinquième jour. Quand je suis entré dans la chambre, Pierre m'a accueilli d'un sourire que je ne croyais plus possible. C'était tellement beau, lui, la tête fendue de joie. Ça m'est tombé dessus, j'en aurais presque perdu l'équilibre. Le blanc des murs s'est effacé. Ou plutôt il est devenu si lumineux qu'il a bouffé le reste. Mon fils n'arrêtait pas de parler. Il était comme un fou. « Un livre. » Il répétait ça. « Tu te rends compte, papa ? Ils vont en faire un livre ! Je vais avoir mon nom dessus. Comme ça, sous le titre. Pierre Marès. À moins que je prenne un pseudo… Mais non. Pierre Marès, c'est parfait. Et puis je vais te le dédier, aussi ! *Pour mon père*. Ou *À mon père*. Qu'est-ce que t'en penses ? Lequel tu préfères ? Tu peux choisir ! »

Il parlait en continu et moi, je le voyais à peine. Je flottais, je le jure ; on flottait tous les deux. Il n'y avait plus de lit, plus de cancer, plus de tuyau en plastique. Il parlait de son livre et j'y croyais aussi. Il a existé ce livre. À ce moment-là, dans cette chambre, entre nous. Ce n'était plus son rêve, plus mon mensonge. C'était un livre. Comme il avait dit. Avec Pierre Marès sous le titre. Et une dédicace à l'intérieur.

Je ne me souviens plus du reste. Je suis parti au moment des soins du soir. J'étais groggy, abruti de bonheur. J'ai à peine entendu les infirmières. On m'a mis la main sur l'épaule, gentiment. J'ai embrassé Pierre. Il riait. Je ne sais plus pourquoi. J'ai ri aussi. Je suis sorti à reculons, pour profiter de lui jusqu'au bout. Il a crié « à demain » quand j'ai passé la porte. J'ai traversé le couloir. Je riais encore en entrant dans l'ascenseur. J'ai avancé mon pied pour bloquer les portes en voyant arriver un brancardier. Il allait aussi au rez-de-chaussée. J'ai appuyé. Il me regardait en coin, je le devinais mal à l'aise. Je riais toujours, je n'arrivais pas à m'arrêter. Je lui ai dit que j'étais désolé, que je comprenais. C'était impoli de rigoler comme ça dans un hôpital. Il a froncé les sourcils. Il m'a demandé si tout allait bien. J'ai demandé pourquoi et il a posé sa main sur mon bras.

« Vous pleurez. »

8

Je les ai vus trop tard. J'avais déjà un pied dans la chambre, ils s'étaient tournés vers moi. Ça aurait été ridicule de ressortir, pourtant j'étais tenté. Ils ont bien dû s'en rendre compte. Le petit temps d'arrêt au milieu de mon mouvement.

Les parents de Lucille étaient là, ils m'observaient sans dire un mot. J'ai tendu la main au grand-père et j'ai fait un signe en direction de la vieille. Pierre dormait, allongé sur le flanc, la couverture coincée sous l'épaule droite. Le silence, c'était pesant. Je crois qu'on attendait tous que quelqu'un se décide à parler. J'avais les yeux rivés sur mon fils, ça me donnait l'impression que je pouvais me taire. Une infirmière est passée. On s'est écartés pour qu'elle change la poche de perfusion. En la regardant faire, je me suis dit que je pouvais en profiter pour m'échapper.

« On ne se voit pas souvent. »

C'est le vieux qui avait dit ça. Ça ne sonnait pas comme un reproche. J'ai marqué un temps d'arrêt avant de répondre.

« Je… je travaille beaucoup. Avec Pierre et l'hôpital, il ne me reste pas beaucoup de temps. »

Je m'en suis voulu de lui expliquer ça. Se justifier, c'est admettre un tort. Je n'avais rien à lui prouver.

« Oui, bien sûr. Pardonnez-moi. »

En l'entendant s'excuser, je me suis senti mal à l'aise. Pierre ne se réveillait pas.

« Il s'est endormi peu après notre arrivée, a précisé le vieux. Nous n'avons pas vu de médecin. Est-ce qu'il y a… des nouvelles ? »

Il avait levé les yeux. Cette fois-ci, il n'y avait rien d'autre que de la peine à l'intérieur.

« Non, pas vraiment. »

J'ai dégluti doucement et j'ai regardé par la fenêtre.

« Ce n'est pas bien parti… »

La fin de la phrase s'est dissoute dans le blanc des murs. J'avais l'impression de leur en devoir plus, ils avaient le droit de savoir. Je n'avais pas la force. J'ai sursauté quand il a dit : « Et vous ? Ça va ? »

J'ai répondu que j'allais bien, que je tenais le coup. C'était plus facile de parler de moi, alors j'ai raconté. Le taxi, les nocturnes, et le prix du parking de l'hôpital. J'ai râlé et ça l'a détendu.

On nous a signifié la fin de la visite. J'ai embrassé Pierre sur le front et j'ai rejoint les vieux qui m'attendaient dehors. On a traversé le couloir côte à côte. Je me suis demandé si les drames rapprochaient les gens. J'ai pensé que non, que c'était juste ce qu'on appelait « l'empathie », et qu'il était bien vu d'être gentil avec le père d'un malade. J'avais envie d'être seul dans mon taxi, de rouler sans personne à bord.

« Vous venez dîner avec nous ? »

J'étais presque à la voiture quand il a proposé ça.

« Je dois aller bosser, je...

— Allez, venez. Juste une heure. Je vous invite. »

Le trajet n'a duré qu'une dizaine de minutes. J'ai eu l'impression qu'il savait où il m'emmenait. Depuis l'hospitalisation, je m'arrangeais pour ne pas les croiser. Pierre m'avait raconté que ses grands-parents venaient le voir. « Au moins une fois par semaine. » C'était bien, je crois.

On s'est garés sur le parking d'un restaurant. Une grande chaîne, qu'on trouve souvent le long des routes. Je suis descendu de mon taxi et j'ai été ouvrir la porte à la grand-mère. Elle ne m'a pas remercié. Elle n'a pas souri non plus – je ne me souviens pas de l'avoir jamais vue sourire.

À l'intérieur, tout était en velours rouge. Le sol, les banquettes et même le dossier des chaises. Il y avait des ballons accrochés un peu partout.

Un serveur a rapproché deux tables, on s'est installés autour. Ils étaient tous les deux en face de moi. J'ai pensé que ça ressemblait à un procès.

On s'est plongés dans le menu parce que ça nous évitait de discuter. J'ai commandé un steak tartare et une bière pression. La vieille luttait pour déchiffrer la carte. Je l'observais et j'ai pensé qu'elle ressemblait à sa fille. Les yeux, peut-être le nez – c'était sans doute un peu de tout. Plus je la détaillais et plus ça me montait dans la gorge. Je n'étais pas sûr d'avoir envie. L'émotion, les souvenirs. Je me suis demandé ce que je faisais là.

Finalement, elle a commandé une salade au deuxième passage du serveur. Elle a posé le menu et j'ai été rassuré de voir que son visage reprenait son air sombre.

On patientait. J'ai bien vu que je n'avais plus aucune excuse, alors j'ai pris des nouvelles du chien.

« Il va très bien. »

J'ai soupiré. Je me suis demandé s'il le faisait exprès.

« Il commence à être très vieux, vous ne trouvez pas ?

— Oh oui, oui, bien sûr, il est fatigué. Mais il s'accroche ! »

Il avait dit ça presque joyeusement. Je me suis promis d'achever ce chien à mon prochain passage. Il suffirait de rouler dessus et de jouer les innocents.

Il y a eu un court silence puis le visage du grand-père s'est éclairé.

« Pierre nous a raconté pour son livre. C'est vraiment très bien ! »

J'ai accusé le coup. Bien sûr, Pierre leur avait parlé du livre – il en parlait à tout le monde. J'ai dévisagé le vieux, il avait les yeux brillants.

Je me suis soudain demandé s'il savait. Est-ce qu'il abordait le sujet pour me confondre ? Il avait posé son bras autour des épaules de sa femme. Ça donnait une étrange impression : comme s'ils ne formaient plus qu'un. Mon pouls s'accélérait. J'avais peur, j'ai pris une grande inspiration. Non, c'était stupide, il ne pouvait pas savoir.

« Jean ? Tout va bien ? »

J'ai sursauté. J'ai bu une gorgée de bière en essayant de faire bonne figure.

« Oui, oui, pardon. C'est vrai que c'est génial cette histoire de livre. Mais vous savez, il le mérite ! »

Le grand-père a acquiescé et il m'a semblé que la vieille souriait aussi. Ça lui donnait de nouveau des airs de Lucille. Mais qu'est-ce qui me prenait ? J'ai braqué mes yeux sur mon verre et j'ai parlé à toute allure.

J'ai raconté que ça n'avait pas été facile. Qu'au début, Pierre m'avait demandé d'envoyer le manuscrit partout. L'attente avait été interminable. Il y avait eu des lettres de refus, d'abord. Et puis un jour, paf, ça avait marché ! C'était incroyable comment c'était arrivé.

« Une femme m'a appelé pour me faire un tas d'éloges sur Pierre. Comme quoi c'est déjà un grand écrivain, que son livre va marcher, ce genre de choses ! Il faut dire qu'il est vraiment bien son bouquin ! Moi, je pense qu'il y a des éditeurs qui vont s'en mordre les doigts... »

Ils me fixaient tous les deux, l'air fascinés. J'ai réalisé que mon plat était posé devant moi.

« Et il va sortir quand, ce livre ? » m'a demandé le vieux.

J'ai hésité.

« Je... je ne sais pas trop. C'est très long les processus d'édition, vous savez.

— Pierre... écrivain ! il a soufflé avec admiration. C'est dommage que Lucille ne puisse pas voir ça ! »

Il n'y avait plus d'animosité, plus rien. J'étais déstabilisé. Je me suis dit que c'était peut-être la situation, qu'elle ne permettait pas de rejouer les vieilles rancœurs. Plus je réfléchissais et plus il me semblait que je n'étais pas à la hauteur. Les larmes me sont montées aux yeux. La question est sortie toute seule de ma bouche.

« Comment vous faites ? »

Le vieux m'a dévisagé un court instant.

« Comment on fait quoi ? »

J'ai pris mon temps avant de lui répondre. J'avais du mal.

« Pour Lucille. »

Je leur ai dit mes doutes, les heures passées à me torturer. J'ai avoué la voix tremblante les nuits à rêver que la police m'appelle pour me dire que oui, ils en avaient enfin la preuve, elle avait voulu mourir. J'ai parlé des autres, aussi – les moments à souhaiter l'inverse. Je leur ai confié que ça m'allait de souffrir, d'accord, mais souffrir normalement, sur une voie déjà balisée par d'autres. Et comment je m'en foutais qu'elle se soit suicidée ou pas, ce que je voulais c'était savoir, juste savoir, parce que l'ignorance me rendait fou.

Le silence est retombé. Je regrettais déjà mes mots, j'avais honte. J'allais me lever quand le vieux a murmuré :

« Lucille est décédée dans un tragique accident de voiture, Jean. Vous n'y êtes pour rien. »

J'ai secoué la tête.

« Non… C'est pas ça… Pardon, je devrais pas vous en parler. C'est juste que… c'est si difficile… »

J'ai eu peur de leur faire pitié. Je ne voulais pas de ça.

Les yeux du grand-père brillaient. Un sanglot s'est échappé de sa gorge lorsqu'il a voulu parler. Sa femme a posé une main sur son bras et s'est penchée vers moi.

« C'est comme une boîte, Jean. »

Il y avait quelque chose dans sa voix. Un début de douceur. Les mêmes accents que Lucille, mais je ne suis pas sûr.

« Qu'est-ce qui est comme une boîte ?

— Cette histoire, a-t-elle répondu. Cette histoire est une boîte que l'on ne peut pas ouvrir. »

Le vieux s'est redressé. Il avait recouvré son calme.

« Ce qu'on veut vous dire, Jean, c'est que la vérité est morte avec Lucille. À jamais. Maintenant, il n'y a que des suppositions. Des peut-être, et le poids qu'on décide de leur donner. »

J'ai essayé de me reprendre. J'avais chaud. Je transpirais sous ma chemise.

« D'accord, j'ai dit nerveusement, on pourra jamais savoir. C'est sans doute vrai. Mais comment on fait pour vivre avec ça, bordel ?! »

J'avais presque crié. Je m'adressais à lui, mais c'est la vieille qui a repris la parole.

« On choisit. »

Je l'ai dévisagée sans savoir si elle se moquait de moi. Elle gardait son air sévère ; ça m'impressionnait. Il me semblait pourtant que ses yeux s'arrondissaient.

« Comment ça ?

— On choisit. On invente la vérité si vous préférez.

— Quoi ? »

Je ne saisissais pas. J'avais l'impression qu'elle me prenait de haut. Je sentais la frustration m'engourdir.

« La boîte est fermée, Jean. Pour toujours.

— Mais arrêtez avec cette histoire de boîte ! »

Ça bouillonnait à l'intérieur. Je ne voulais pas m'énerver dans un restaurant.

« Elle est fermée, a répété la vieille. Vous n'allez pas passer votre vie à vous demander ce qu'il y a dedans ! Personne ne peut vivre de cette façon... C'est pour ça qu'on doit choisir. Il n'y a pas d'autre solution. »

Elle avait haussé la voix. Je ne l'avais jamais entendue parler ainsi. J'essayais de me concentrer, ma tête me faisait mal.

« Vous voulez que je décide de la réalité ? Non... je peux pas faire ça...

— Bien sûr que vous pouvez ! Vous le faites déjà pour Pierre... »

Elle ne m'avait pas regardé en disant ça. Je me suis levé, j'ai laissé des billets sur la table et je suis sorti.

9

J'étais presque à ma voiture quand le vieux m'a rattrapé.

« Attendez, Jean, je suis désolé. Ma femme ne pensait pas à mal. »

Il avait saisi mon bras. J'ai bougé pour me dégager mais il a serré sa prise.

« Écoutez, je sais que ça n'a pas toujours été simple entre nous, mais vous pouvez me croire : Lucille, c'était notre fille, on a souffert au moins autant que vous. Pour sa mère, ça a été terrible. Alors vous voyez, cette histoire de boîte, c'est son truc à elle ; le moyen qu'elle a trouvé pour s'en sortir. On peut trouver ça ridicule, c'est vrai, mais je crois que je la comprends. Au fond, ne pas savoir, c'est peut-être une chance. Dans une vie, il y a si peu de choses que l'on choisit vraiment… Alors pourquoi ne pas décider soi-même pour une fois ? La réalité, la vôtre, celle que vous aurez choisie ; elle ne vaudra pas moins qu'une autre, vous ne croyez pas ? »

Comme je ne répondais pas, il a murmuré en s'approchant de moi.

« On veut simplement vous aider, Jean. Avec tout ce qui arrive à Pierre...

— Je vous remercie. C'est gentil, mais je n'ai besoin de rien. »

J'ai tiré brusquement le bras. Il m'a lâché et je suis monté dans la voiture.

J'ai roulé sans m'arrêter. J'avais les mains crispées sur le volant, je sentais la raideur de mes muscles à chaque virage. Je pensais à la vieille, à Lucille, à ces histoires de boîte et de réalité. Je pensais à Pierre.

J'avais un goût dans la bouche, c'était compliqué à définir. Une amertume terrible. Ça ne passait pas. J'ai pris un chewing-gum dans la portière et je l'ai mâché de toutes mes forces.

Je me suis garé devant le bistrot ouvert de nuit. Je savais que j'y trouverais François. Son équipe jouait un match de Coupe d'Europe et il ne ratait jamais ça. Un jour, il m'avait dit en faisant de grands gestes :

« Les autres, je peux les écouter à la radio, mais pas ceux-là ! C'est trop important. »

Il était bien à l'intérieur, accoudé au comptoir – on y voit mieux l'écran suspendu au mur. Il buvait un demi de bière. J'ai commandé la même chose.

« Salut, mon vieux ! il s'est exclamé en me voyant.

— Salut.

— Tu viens voir le foot ? Tu ne vas pas le regretter, on mène déjà 1-0 ! »

Je n'ai rien dit. Il était replongé dans le match. J'avais encore cette boule dans ma poitrine, les mots de la vieille qui résonnaient à l'intérieur.

« François ?

— Hmm ?

— Tu crois qu'il y a des beaux mensonges ? »

Il n'a pas quitté l'écran des yeux, il suivait un ballon filant au-dessus du but.

« Des beaux mensonges ?

— Ouais. Je veux dire, des situations dans lesquelles il vaut mieux mentir.

— Pour baratiner une fille ?

— Non, non.

— Un client ?

— Non, pas ça. Une situation où l'on ment parce que c'est mieux pour tout le monde. Pour ne pas faire du mal, par exemple.

— Ah… »

De nouveau, il s'est dressé, le nez tendu vers l'écran. Il s'est figé un instant puis il a soupiré.

« Putain… pas loin. »

J'ai eu envie de me tirer d'ici. Il s'est tourné vers moi.

« Pardon, Jean. Les mensonges utiles, c'est ça ? »

Utiles. Je n'aimais pas le mot. Moi, j'avais dit beaux.

« Tu n'as pas dit aux parents de Lucille pour le cancer de Pierre, c'est ça ?

— Quoi ? Bien sûr que si ! Ils sont au courant, je te jure ! »

Il a paru rassuré. Je me suis frotté les yeux. Au fond, je n'étais plus sûr de ce que je voulais dire. J'ai essayé d'expliquer et il a haussé les épaules.

« C'est compliqué..., il a murmuré. Peut-être qu'il faut se poser la question dans l'autre sens.

— Dans l'autre sens ?

— Bah, tu vois, ton histoire, je comprends l'idée. On veut épargner les autres, c'est ça ? »

J'ai acquiescé.

« D'accord, dit comme ça, c'est sûr que ça sonne bien. Mais si tu retournes le truc ? Par exemple, toi, tu aimerais qu'on te mente ? »

J'ai bredouillé que ça dépendait, que ce n'était pas la même chose.

« C'est ça qu'il faut se demander, a repris François. Dans la même situation, est-ce que tu n'aurais pas préféré qu'on te dise la vérité. Moi, par exemple, je ne voudrais pas qu'on me raconte des bobards... Et peu importe les circonstances ! Question de respect, tu vois. »

J'ai murmuré un « oui » en me massant le front. Un mal de crâne qui n'en finissait pas.

« Qu'est-ce qu'il y a, Jean ?

— Hein ? Rien. »

Il me fixait d'un air sévère que je n'avais jamais vu chez lui. J'ai bafouillé.

« Rien, rien, je te jure.

— Je préfère que tu me le dises, s'il y a quelque chose. »

Je lui ai répété de ne pas s'inquiéter. Je ne pense pas qu'il me croyait, mais il n'a pas insisté.

« Allez, mon vieux, il a dit en se retournant vers la télé. Ne te prends pas la tête comme ça. Tiens, regarde plutôt : on vient d'en mettre un deuxième ! »

10

Après avoir quitté François, je suis revenu vers la gare en quête d'une course. J'aime la ville la nuit. Dans certaines rues, il y a peu d'éclairage. Des ombres glissent sur les trottoirs. Je n'ai pas peur, l'habitacle de mon taxi me rassure. Un monde à l'abri de tout.

Le ciel se voilait et la pluie s'est mise à tomber. Les lumières gonflaient. À un croisement, j'ai observé la tache d'un feu rouge se déformer derrière la vitre. Ça m'a rappelé une nuit d'août, avec Pierre ; il devait avoir huit ans. On avait loué un bateau pour la semaine – un vieux voilier qui s'appelait *Mojo*. On cabotait le long de la côte ; le soir, on mouillait dans les criques et on plongeait un peu. J'avais adoré cette semaine. Il n'y avait que nous – l'isolement, c'est l'avantage de la navigation. Le temps s'étire, rien ne presse jamais vraiment.

Le dernier jour, Pierre avait insisté pour qu'on navigue de nuit. Je n'étais pas très chaud, alors il suppliait. Je sentais monter son excitation. J'ai craqué parce que je ne sais pas dire non. J'ai insisté pour qu'on s'attache et il a promis en soupirant.

J'avais prévu une petite étape. Trois heures à peine de navigation. On faisait une boucle et on revenait s'ancrer devant la plage. Je ne craignais pas la côte ; dans ce coin-là, je connais les fonds par cœur. Il n'y avait qu'à se méfier des pêcheurs qui sortent souvent la nuit.

J'ai prévenu Pierre. Je lui ai dit qu'il fallait surveiller les lumières. Il était content d'avoir des responsabilités. Il m'a dit « oui, capitaine Papa » et il s'est agenouillé pour guetter l'horizon. D'un coup de barre, j'ai lancé la proue contre la nuit.

Il n'y avait pas de vent. On roulait paresseusement ; le moteur faisait vibrer la coque. Un tas d'étoiles tachaient le ciel ; on les voit tellement mieux qu'en ville.

Pierre ne parlait pas, il fixait le large. Je voyais son dos, sa petite capuche tombait sur ses épaules. La bôme grinçait en se balançant. Une lueur émanait du compas encastré dans le cockpit. Nord-ouest. On pouvait continuer comme ça. Droit, sans s'arrêter, partir ailleurs. C'était tentant – c'est vrai que ça l'est toujours un peu. Au fond, il n'y avait pas grand-chose qui me retenait ici. Je n'y avais jamais vraiment réfléchi. Peut-être à la mort de Lucille, je ne m'en souviens pas.

J'ai demandé son avis à Pierre. Il était surpris par ma question, il s'est concentré. Malgré l'obscurité, je le voyais froncer les sourcils. Ses doigts étaient recroquevillés contre ses lèvres. La même posture que prenait parfois sa mère.

Finalement, il a répondu que non. Il avait ses copains à l'école, papi et mamie aussi. Il était très bien ici. Il m'a quand même demandé si j'allais continuer à être taxi si on déménageait. J'ai rigolé. Il avait l'air inquiet alors j'ai promis que oui, je resterais chauffeur. Il a conclu que dans ce cas, d'accord, on pouvait partir. J'ai ri encore en lui frottant les cheveux.

On était suffisamment loin des côtes, j'ai coupé les gaz. Le bateau s'est mis à dériver. C'était agréable, ce silence d'un coup. Juste l'eau sur la coque, nos voix et les drisses qui cognaient contre le mât. Je suis descendu me chercher une bière et j'ai pris aussi un jus pour Pierre. Quand je suis remonté, il me fixait fièrement. Son doigt était tendu sur tribord.

« Là, une lumière. »

Un feu rouge brillait sur l'horizon. Je lui ai souri en lui tendant le jus. J'ai rallumé le moteur et j'ai dévié un peu notre trajectoire pour nous éloigner. Le feu était gros, peut-être un cargo de passage. On a continué à l'observer une dizaine de minutes ; il ne faiblissait pas. Au contraire, j'avais l'impression qu'il se rapprochait. La lueur s'élevait de plus en plus. C'était vraiment un gros machin.

J'ai viré à angle droit. Quatre-vingt-dix degrés pour en finir. Puisqu'on le voyait rouge, c'est qu'il nous avait sur bâbord. Il suffisait de le laisser nous dépasser.

« Papa, ça devient grand quand même... »

J'ai râlé un peu. On le voyait toujours en rouge. J'ai poursuivi la rotation, le bateau a fait demi-tour. Encore ce rouge. Incompréhensible.

« Papa...

— Tais-toi, Pierre. Laisse-moi me concentrer. »

J'ai augmenté les gaz. Je ne comprenais pas. Un imbécile qui n'avait pas équipé son bateau correctement ? Non, il était trop gros... J'ai plissé les yeux. Mon cœur accélérait.

Soudain, un nuage est passé devant la lumière. Je me suis tapé le front.

« Qu'on est cons... C'est la lune, Pierrot !

— La lune ? »

Il a fixé la lueur, puis il s'est tourné vers moi, l'air incrédule. Mes muscles se détendaient. J'ai éclaté de rire.

« Papa... t'es sûr ? »

Je lui ai fait signe de venir sur mes genoux.

« Oui, je suis sûr. Regarde, elle passe derrière les nuages.

— Ça peut être rouge, la lune ?

— Il faut croire que oui. On se renseignera demain. Allez, on rentre. »

Le lendemain, on n'a trouvé personne pour nous expliquer. Des années plus tard, en revenant du lycée, Pierre m'a parlé d'un phénomène appelé « éclipse de lune ». Je n'ai pas compris tous les détails. Ses yeux brillaient d'excitation.

« Je suis sûr que c'était ça ! »

Ça m'avait ému qu'il se souvienne aussi bien de ce moment.

11

La première fois, je suis entré par hasard. D'ordinaire, je n'allais jamais dans les librairies, mais avec toute cette histoire, l'ordinaire n'avait plus d'importance. C'était juste pour me faire une idée. Je voulais savoir à quoi ça pouvait ressembler, les rêves de mon fils.

Il y avait des bouquins partout. Le silence, c'était impressionnant – religieux, presque. J'observais les clients, leurs façons d'examiner les livres ; ils les manipulaient avec respect. Je n'osais pas les imiter, j'avais trop peur qu'on me démasque. Moi, l'intrus qui n'y connaissait rien. Pourtant personne ne m'a jamais rien dit.

Avec le temps, j'ai commencé à traîner entre les rayons. Sur la table centrale, une planche de chêne sur deux tréteaux, les livres étaient en pile. Les français d'un côté, les étrangers de l'autre. Ça devait être les chefs-d'œuvre qu'on étalait là.

Quelquefois, j'effleurais les couvertures. Sur certaines, le patron ajoutait des mots. *Coup de cœur*. Je pensais à mon môme ; c'est comme ça qu'il devait se l'imaginer. Toutes ces pages, et les siennes au milieu. Pierre Marès. Coincé quelque part entre les grands. Ça avait quand même de la gueule.

Avant de sortir, j'achetais toujours un livre. Histoire de dire. Ça donnait un peu de consistance à mon affaire. Je ne choisissais pas, j'attrapais le premier qui me traînait sous la main. Le vieux derrière la caisse n'était pas très expansif. Il se contentait de scanner le code-barres et de le glisser dans un sac. Au fond, il savait peut-être. Ça devait quand même se voir : moi et mon petit manège, la parfaite imposture.

Au début, j'avais pensé les offrir à Pierre. Mais je n'avais pas suffisamment de courage. Je suis toujours resté lucide, je n'ai pas perdu les pédales. Je n'entrais pas là dans l'espoir d'y trouver le bouquin de mon fils. Non, vraiment. Je ne me suis jamais trompé. Son livre n'existait pas. C'était un mensonge, une histoire de lâcheté et de bons sentiments. L'enfer et ses pavés. J'essayais de ne pas trop y penser. C'était déjà partout avec moi. Une couche de crasse sur ma peau, impossible de l'enlever. Ça me brûlait chaque fois que j'allais voir Pierre. Sous son regard heureux, je prenais feu.

Bien sûr que je me haïssais. Même malade, Pierre s'accrochait à la réalité. Il y avait tant de gens autour de lui. Ses amis, les infirmières, son médecin. Tous à faire le maximum pour le maintenir à la surface. Moi, j'étais le traître. Celui qui l'enfermait. Ailleurs, loin du monde, déjà perdu pour le réel. Je lui avais claqué la porte au nez. Adieu la réalité. Je lui construisais un univers en sucre. Comme on fait avec les vieux, juste avant la fin. Un peu par pitié, beaucoup parce qu'au fond on a la trouille d'être entier jusqu'au bout. Et mon fils, mon propre fils, je lui maintenais la tête sous l'eau. Je lui criais de regarder les étoiles, de ne pas trop se débattre. De profiter du spectacle. « Reste là-dessous, Pierre. C'est joli. Écoute bien ton papa. »

Un soir, j'étais vidé de tout. Je suis entré dans la librairie. Je n'avais pas réussi à faire parler Pierre. « Il est très fatigué », m'avait confirmé le médecin. J'ai déambulé machinalement entre les livres. Je ne voyais plus rien. Je ne savais même pas ce que je foutais là. J'avais si mal au crâne que j'ai fermé les yeux. J'ai senti que mes jambes me lâchaient et j'ai dû m'appuyer sur une pile de bouquins qui s'est dérobée sous mon poids. J'ai aperçu un tabouret et je me suis effondré dessus.

C'est là que je l'ai vu.

Pierre. Il entrait dans la librairie. J'ai lu l'excitation sur son visage. Il naviguait entre les rayons, il les passait au crible. Il a vérifié une deuxième fois. Il secouait la tête. J'ai voulu l'avertir, j'ai crié. Mais il ne m'entendait pas. « Pardon », je hurlais. C'était trop tard, ça résonnait dans ma tête. Il refusait d'y croire. Il me tournait le dos, je n'arrivais pas à le toucher. Je ne pouvais même pas tourner la tête. Il recommençait, on sentait monter sa frustration. Il les attrapait tous, un par un ; ça prenait un temps interminable. Moi, j'étais paralysé. Je savais qu'il allait se retourner. J'allais croiser son regard et j'étais terrorisé.

« Vous voulez un renseignement ? »

C'est le libraire qui m'a sorti de là. J'ai mis un peu de temps à émerger. Je me suis demandé combien de temps j'avais passé sur ce tabouret. Il m'observait d'un air inquiet. Je l'ai remercié et j'ai pris un livre au hasard. Dans la rue, je l'ai abandonné sur un banc.

Je me suis mis à courir. L'air me faisait du bien. J'avais besoin de faire le vide, d'évacuer toute la tension. J'ai croisé un couple, ils m'ont observé d'un air suspicieux. Je m'en foutais. D'ailleurs ils avaient raison. C'était une fuite. Une chute. J'allais trop vite et mon cœur le criait dans ma poitrine.

J'aurais voulu continuer parce que je ne pensais plus. C'était bien de ne pas réfléchir. La pression sur mes poumons, tout mon corps au service de la machine. Il n'y avait plus la moindre place pour le reste. J'aurais voulu courir sans jamais m'arrêter. Ça a fini par me faire suffoquer. J'ai vacillé un peu avant de m'appuyer contre un mur. Déjà ça revenait.

J'ai continué en marchant. Je ne voulais pas rentrer chez moi. À force de tourner, j'ai réussi à me perdre. Je suis tombé sur un parc dont la grille était fermée. J'ai escaladé et je suis passé par-dessus. Il y avait un banc en bois. Je me suis allongé dessus et j'ai fermé les yeux.

12

C'est la pluie qui m'a tiré du sommeil. Il faisait nuit. J'ai eu du mal à me mettre debout. C'était plutôt une bruine, un nuage en rase-mottes empêtré dans la ville. J'étais trempé. Je n'avais aucune idée de l'heure. J'ai jeté un œil à mon poignet, mais je n'avais plus de montre.

Je suis sorti du parc. Il ne faisait pas froid. Je ne reconnaissais plus rien. Je me suis frotté les joues, je n'étais pas tout à fait revenu. Un chat est passé sous l'éclat d'un lampadaire. Je n'ai jamais aimé les chats, mais c'était peut-être un chien. Je n'avais vu qu'une ombre fendre la lumière. Après avoir longé les bâtiments, j'ai tourné à gauche. J'aurais pu tourner à droite. C'était aléatoire.

Le bruit est monté progressivement. La musique, d'abord, parce que les basses portaient plus loin. Puis j'ai perçu la rumeur. Une vibration terrible, des dizaines de voix provenant du même endroit. J'ai suivi le son comme on remonte une rivière. Je me sentais hypnotisé, attiré par la clameur qui grondait en amont.

J'ai débouché sur une place. La foule était concentrée du côté droit. L'épicentre, c'était un bar. J'ai essayé de distinguer le nom, mais je ne voyais pas bien. Il y avait deux enceintes sur la terrasse. Ça crachait fort, les gens hurlaient pour s'entendre. Ils approchaient leur visage. Certains battaient la mesure machinalement. Il se dégageait quelque chose ; plus qu'une grappe d'inconnus, un effet de groupe. Je me suis demandé s'ils se connaissaient.

J'ai joué des coudes pour atteindre le bar. C'était l'intérieur que je voulais réchauffer. J'ai demandé du rhum. J'avais commencé à en boire au lycée. Le jeudi soir, on allait chez Marius. Toujours la même bande. Le patron, c'était le seul à ne pas nous emmerder sur notre âge. Il aimait s'asseoir avec nous. Je crois que la journée, il s'ennuyait.

Le serveur m'a poussé un ti-punch sous le nez. J'aurais préféré un rhum pur, mais je n'ai rien dit. Je n'avais pas précisé et ça ne changeait rien. J'ai bu cul sec. La boule de feu est descendue dans ma gorge – un coup de fouet jusqu'à l'estomac. Il n'y a que le premier qui soit capable d'un tel effet. J'en ai quand même demandé un autre en tendant un billet.

Au bout du quatrième, j'ai senti que ça venait. Je suis sorti le verre à la main. Les basses cognaient toujours, avec plus d'intensité. Il ne pleuvait plus, le béton séchait déjà. J'ai vu une chaise libre et je m'y suis installé. La foule me semblait plus compacte encore. Au milieu, ça dansait par petits groupes. J'ai pris le temps de tous les observer. Des sourires partout. Des grimaces, aussi. Ça s'appliquait. Les filles fermaient les yeux ; les hommes, au contraire, ils gardaient le regard rivé sur leurs pieds. Avant, j'aimais danser. Bon, je n'ai jamais été un crack. Mais avec un peu d'alcool, on oublie sa médiocrité. Il suffit de bouger un peu. « Sois pas trop raide », me disait Lucille. Quand elle s'y mettait, c'était une sacrée danseuse. Je la collais contre moi et je sentais les vibrations de son corps me retourner la tête.

Je me suis demandé combien de temps ça faisait. Je ne pouvais même pas compter. Le rhum prenait le contrôle. Je le sentais courir dans mes veines. Un cent mètres, de l'estomac jusqu'au cerveau. J'ai essayé de ne pas tituber en rejoignant la piste. Je dis « piste », mais c'est pour l'image. C'était un cercle. Une zone imaginaire vers laquelle ça convergeait. Une fois au milieu, j'ai essayé de m'agiter en rythme. C'était compliqué avec un verre coincé dans la main, alors je l'ai fini d'un trait.

J'ai repéré une fille. Une brune, la quarantaine, peau légèrement mate. Elle bougeait bien, elle gardait les yeux ouverts. Je l'ai vu tout de suite : un regard pareil, je n'en avais jamais croisé. Ou alors à la télé. Elle l'avait braqué sur moi, histoire de me laisser admirer ses nuances de bleu. Elle avait la mer imprimée sur la rétine. Des reflets gris, verts, métalliques. Il me semblait qu'elle riait en m'observant. J'avais sans doute un bel air d'ahuri.

Elle s'est écartée pour s'allumer une cigarette. Fumeuse, évidemment. Une fille aussi sensuelle, ça ne pouvait pas être autrement. Le rhum m'a hurlé d'aller la voir. J'ai résisté une seconde puis tout a explosé. J'ai foncé droit sur elle. Elle m'a regardé la rejoindre comme si c'était une évidence.

« Salut. »

Ses yeux, c'était encore plus impressionnant de près. J'ai fait un effort surhumain pour ne pas tomber dedans. De la main gauche, elle a attrapé le revers de mon blouson. Je crois que j'ai sursauté. Elle a jeté sa cigarette.

« On danse ? »

Je n'ai pas vraiment entendu, il y avait trop de bruit. Je l'ai lu. Sur ses lèvres, à quelques centimètres. On danse. J'ai laissé faire, il suffisait de suivre. Elle s'est rapprochée de moi. J'ai senti sa poitrine contre mon torse et j'ai fermé les yeux. Lentement, j'ai passé un bras sur ses hanches. Sa tête est tombée sur mon épaule. Son souffle me brûlait le cou. Puis les basses ont redoublé. Elle s'est écartée légèrement pour se remettre en mouvement. Elle dansait bien. J'ai fait l'effort, moi aussi. J'aurais voulu que la musique ne s'arrête pas.

Il s'est remis à pleuvoir ; j'ai mis du temps à m'en rendre compte. Pourtant il pleuvait bien. Les gens couraient se réfugier. Elle est restée contre moi, les cheveux plaqués contre son visage. J'ai collé mon front au sien. La pluie s'infiltrait partout. Ils n'ont pas coupé le son. Ou peut-être que si, mais moi, je l'entendais encore. Il venait de loin, derrière le rideau de flotte. Elle a reculé lentement et j'ai tourné sur moi-même. J'avais fermé les yeux. Le ciel a craqué de nouveau. L'eau s'écrasait avec violence sur le trottoir. Le monde entier vibrait. J'ai senti la caresse de ses doigts s'échapper. J'ai fait quelques pas les bras tendus. J'ai brassé du vide.

La peur s'est emparée de moi. J'ai voulu l'appeler mais je ne connaissais pas son nom. Je me suis mis à courir. De nouveau perdu. Une rue, puis une autre. Impossible de retomber sur la place. Je voulais l'appeler mais ma voix se perdait dans ma gorge. Une ombre grossissait derrière moi. Je la sentais s'approcher. J'ai jeté un regard par-dessus mon épaule et j'ai vu qu'elle gagnait du terrain. Il fallait trouver le bar, la fille, la musique. Me cacher avec eux. J'ai tourné derrière un bâtiment, il n'y avait plus rien. L'ombre était déjà sur mes talons.

Je l'ai entendue prendre son élan et je me suis effondré sur le béton.

13

J'ai perdu le sommeil et l'appétit. Ça n'a pas beaucoup d'importance. Je fais peine à voir, il y a trop de pitié sur les visages. J'en vomirais si c'était toléré. À l'hôpital, j'ai beaucoup de mal. Quand il faut regarder mon fils, c'est chaque fois plus dur. Dans ses yeux, il y a ma trahison. Heureusement qu'il n'est pas toujours question du livre. Parfois, je me reprends et on parle de choses et d'autres. Comme si de rien n'était.

Parfois, je me sens fort. J'ai le sentiment que ça pourrait durer.

Parfois, je me mens à moi aussi.

14

Ce matin, je suis allé voir Pierre un peu plus tôt. Il était mieux. Depuis quelques jours, il dort et s'alimente correctement. On a discuté, puis je lui ai fait la lecture. Il a du mal à se concentrer, je ne sais pas s'il saisit tout. Je fais quand même de mon mieux et je crois qu'on s'en sort.

Vers onze heures, il s'est mis à parler de son livre. Il m'a raconté une énième fois. Comme il était heureux que ça sorte, si je pensais que ça pouvait être un succès. « Je le verrai, tu crois ? » J'ai senti mon cœur se fissurer, chaque particule exploser. Tout est resté bloqué. Il avait demandé ça trop naturellement. Sans émotion.

Je n'étais pas à la hauteur. Il a grimacé un sourire en me disant qu'il était désolé. « Bien sûr que je le verrai », il a murmuré en fermant les yeux. Le silence est retombé. J'ai senti que je suffoquais alors je suis sorti. Je n'avais pas la force de l'embrasser.

Je suis allé vers la machine à café. Il fallait que j'avale quelque chose. Ma jambe tremblait sous mon pantalon, ça m'agaçait. J'ai voulu qu'elle arrête et j'ai donné un coup dans le mur. Je ne sais pas ce qui m'a pris, j'ai frappé beaucoup trop fort. Mon genou s'est bloqué et la douleur s'est élancée comme une décharge. Je crois que j'ai dit « quel con » en me tenant la jambe et je me suis assis.

« Tout va bien ? »

L'oncologue de Pierre était penchée sur moi. Elle m'observait d'un air surpris.

« Oui, oui, j'ai bredouillé.

— Vous essayez de casser un mur ? » elle a dit d'un air amusé.

Étrangement, la tension est redescendue. J'ai repris mon souffle et comme je me sentais stupide, j'ai souri aussi. Elle s'est postée devant la machine et a appuyé sur une touche. Un long, je crois. Ça m'a rappelé que j'en voulais un.

Elle s'est assise à côté de moi. Je ne m'y attendais pas mais ça faisait du bien. Je n'ai rien dit pour ne pas gâcher l'instant.

« Pierre est en forme aujourd'hui. »

Ses yeux m'encourageaient. J'ai répondu que oui, c'était vrai, je l'avais trouvé plus bavard qu'à l'ordinaire.

« Et vous, ça va ? »

J'ai eu envie de lui dire non. Juste une fois. Être sincère, arrêter de mentir. J'ai voulu lui avouer que j'avais peur, que j'étais terrorisé même, que je me sentais dépassé, incapable, englouti. Que je commençais à penser que c'était une catastrophe, que j'étais un traître, un lâche. Que c'était moi, en fin de compte, qui assassinais mon fils.

« C'est bien ce que vous faites. »

J'ai relevé les yeux. Est-ce qu'elle lisait dans mes pensées ? Ou alors, j'avais parlé ? C'était possible ; ça faisait un moment que je ne contrôlais plus rien. J'étais ailleurs, débranché de mon propre corps. Je me suis levé machinalement, j'ai commandé mon café et je me suis trompé. J'ai pris un long au lieu d'un court. J'ai dit « merde » et je me suis rassis.

« Vous savez, a-t-elle poursuivi, on discute un peu, Pierre et moi. Il m'a raconté pour son roman, il est tellement fier… »

Mon estomac s'est contracté. Non vraiment, je n'en voulais pas. Pas venant d'elle. Je voulais l'arrêter, lever la main pour qu'elle se taise, lui dire la vérité, au moins à elle, pour qu'elle puisse me raisonner, m'engueuler en évoquant les conséquences, l'importance de la confiance pour un malade, le mal irréversible que j'allais causer.

Oui, c'était cela. Elle allait m'aider. J'allais tout lui avouer et elle saurait gérer la situation. Il fallait juste le dire. Juste faire un effort. Avoir un peu de courage.

Quelqu'un l'a hélée du bout du couloir. Elle m'a souhaité bonne journée et s'est éloignée, son café à la main. J'avais encore le temps. Elle était là. Je pouvais la rappeler. Elle se retournerait. Je devais lui dire mais je n'ai rien fait. Parce que je suis un faible. Parce que la honte et la peur m'ont perdu depuis longtemps. Je l'ai compris à cet instant. Je suis resté minable, appuyé contre la machine.

Quand j'ai enfin pu bouger, je me suis décidé à sortir. Une infirmière m'a rattrapé au bout du couloir.

« Monsieur Marès ? »

Je me suis retourné. C'était Rosalie, la jeune infirmière qui s'occupait de Pierre. J'ai souri, je crois. Je ne sais pas ce que ça a donné.

« Je peux vous parler ? »

Elle avait l'air nerveuse, elle regardait dans tous les coins. Il m'a semblé qu'elle cherchait ses mots, puis elle a secoué la tête.

« Le livre de Pierre… »

J'ai coupé ma respiration.

« Il ne va pas vraiment être publié, n'est-ce pas ? »

Je me suis figé. Littéralement. J'ai bafouillé :

« Qu'est-ce que vous racontez ? »

Elle a fui mon regard. Elle a bredouillé que c'était juste une intuition, que ce n'était pas grave, mais que peut-être on pouvait en discuter. Elle n'arrêtait pas de s'excuser. Il lui semblait quand même qu'il y avait d'autres solutions. Est-ce que je ne voulais pas en parler avec la psychologue du service ?

« C'est n'importe quoi. »

J'avais dit ça sèchement. Elle me fixait maintenant d'un air triste, c'était difficile à supporter.

Je me suis retourné. J'ai appuyé sur le bouton de l'ascenseur. Plusieurs fois.

« Monsieur Marès… Je… je suis désolée. C'est juste que… enfin… je m'étais dit que peut-être il valait mieux dire la vérité… »

J'ai fait volte-face. Encore cette histoire de vérité. Ça résonnait sous mon crâne. Mais pour qui est-ce qu'elle se prenait ? J'ai senti mon cœur accélérer. Il fallait que je lui explique. Ce n'était pas si compliqué à comprendre. Elle avait l'air intelligente et j'avais des arguments.

Pourtant, je n'ai réussi qu'à bredouiller quelques phrases ridicules. Elle a plissé le front. Je voyais bien qu'elle faisait aussi des efforts. C'était tellement dommage. J'ai fini par lui demander de me laisser tranquille. Le fond de ma voix était trop agressif. Je n'ai pas fait exprès, mais elle ne pouvait pas savoir. Et puis j'avais trop mal à la tête.

L'ascenseur n'arrivait pas alors j'ai voulu aller jusqu'à l'escalier. Il fallait que je sorte. J'avais l'impression d'étouffer. J'allais m'éloigner quand elle a posé son bras sur le mien.

« Attendez, s'il vous plaît… »

Elle avait les joues rougies, la voix tremblante de ceux qui ne font jamais de vagues. Elle s'est mise à parler à toute vitesse. Elle m'a que dit que c'était dangereux, que parfois on croyait bien faire mais que c'était pire. Il fallait que je me reprenne. Pour lui. Pour moi. Elle a dit des tas de choses que je ne voulais pas entendre. L'appréhension faisait vibrer sa voix.

Elle parlait encore et soudain, j'ai eu la trouille. Une peur terrible. Je l'ai imaginée debout dans la chambre de Pierre, en train de tout lui déballer. C'était sûr ; elle était trop jeune, trop émotive. Ça ne pouvait que finir ainsi.

Je suis devenu à moitié fou. C'est monté dans ma poitrine. Plus que de la colère, une panique totale. Le besoin de faire quelque chose. De tout arrêter. J'ai pensé qu'il fallait qu'elle se taise. Il n'y avait plus rien de rationnel. Je voulais qu'elle se taise.

J'ai fait un pas vers elle et j'ai vu distinctement la terreur dans son regard. Elle s'est mise à hurler et ça a fait comme un réveil sur ma folie. Mes oreilles se sont mises à bourdonner ; j'avais trop chaud. Il y a eu des éclats de voix. Je crois qu'on arrivait du bout du couloir. J'ai quand même eu le temps de voir les murs se resserrer avant de m'effondrer sur le carrelage.

15

Je me suis réveillé sous le regard sévère d'une aide-soignante. J'étais allongé sur un lit, dans ce que j'ai deviné être une salle de garde. J'ai voulu me redresser mais elle m'en a empêché.

« Attendez encore un moment. »

Elle m'a proposé un sucre que j'ai refusé. Elle me l'a quand même enfoncé dans la bouche. Je n'ai pas résisté et je l'ai laissé fondre sur ma langue.

Le médecin est entré. L'aide-soignante s'est levée et elles ont discuté un moment. Elles chuchotaient mais je n'écoutais pas. Je sentais le nuage se disperser dans ma tête.

L'aide-soignante est partie au bout de quelques minutes et le médecin est venu s'asseoir à côté de moi. C'est à cet instant que c'est revenu. C'est sorti tout seul de ma bouche. Comme une supplication.

« L'infirmière ! Il faut l'empêcher de… Elle va aller voir Pierre…

— Mais non, mais non, calmez-vous. Pierre dort. Personne n'ira le voir. Il faut vous ressaisir, monsieur Marès. Rosalie est une fille intelligente, elle voulait simplement discuter avec vous. Jamais elle n'ira voir votre fils pour lui dire quoi que ce soit. Nous sommes des professionnels, nous essayons d'aider les patients et leur famille. »

J'avais honte, je revoyais les yeux terrifiés de l'infirmière. Mais qu'est-ce que je devenais ?

J'ai murmuré : « Vous savez, elle a raison pour le livre. Il n'existe pas. Il n'a jamais existé. »

Elle n'a pas sourcillé.

« Personne ne dira rien, ne vous inquiétez pas.

— Vous ne pensez pas qu'il faut lui dire ? »

Je me suis demandé pourquoi je tenais tant à me faire du mal. Elle est restée pensive puis elle m'a dit que cela ne la regardait pas. Il y avait quelque chose de rassurant dans le timbre de sa voix. Ce n'était pas la première fois. Ça se remettait à circuler.

« Je vous l'ai déjà dit : je trouve que c'est bien ce que vous faites.

— C'est bien de mentir à un malade ?

— Ça dépend.

— De quoi ?

— De tout. »

J'ai soupiré parce que je déteste les phrases qui ne veulent rien dire. J'ai dit que c'était toujours moche de masquer la réalité et elle a rétorqué qu'il n'y avait pas qu'une seule réalité. « Ça dépend du point de vue. » Je n'ai pas répondu. Je ne voyais pas où elle voulait en venir. Elle m'a demandé si je connaissais le chat de Schrödinger. J'ai dit que je ne connaissais déjà pas Schrödinger donc qu'il y avait peu de chance que je connaisse son chat. Elle a souri. Ça m'a fait plaisir.

Elle m'a expliqué, à propos du chat. C'était une expérience de pensée : on ne pouvait pas la réaliser, il fallait se l'imaginer. Le concept avait été décrit par un scientifique – Schrödinger – pour illustrer les paradoxes de la physique quantique.

« On met un atome radioactif dans une boîte. On sait que cet atome a une chance sur deux de se désintégrer. La particularité de la physique quantique, c'est de dire que c'est l'observation qui détermine le résultat. En gros, tant qu'on ne regarde pas dans la boîte, l'atome est à la fois intact et désintégré. Vous voyez l'idée ? Une particule qui ne serait ni dans un état ni dans l'autre, mais dans les deux en même temps.

— Je... je crois que je comprends vaguement... même si je ne vois pas trop le rapport avec le chat.

— Justement j'y viens. Imaginez maintenant que l'on mette aussi un chat dans cette boîte. Si l'atome se désintègre, alors il tue le chat.

— L'atome tue le chat ?

— Oui, on peut supposer que la désintégration de l'atome libère un poison, par exemple. »

Je sentais qu'elle approchait de la conclusion et je me suis concentré du mieux possible.

« Alors qu'est-ce que ça veut dire ? a-t-elle murmuré en se penchant vers moi. Si on admet, comme tout à l'heure, que tant que la boîte est close l'atome est en même temps intact et désintégré, qu'en est-il du chat ? Ça voudrait dire qu'il est à la fois vivant et mort ! »

Cette fois elle m'avait perdu. J'ai écarquillé les yeux et elle a repris :

« La physique quantique a été développée pour décrire l'infiniment petit, en gros les atomes. Elle dit que la mesure, l'observation si vous préférez, influe sur ce qui est mesuré. En d'autres termes, l'objet, et donc sa réalité, sont indissociables des conditions d'observation. Et cette théorie est démontrée par beaucoup de vraies expériences ! Vous comprenez ?

— Je crois…

— Schrödinger ne dit pas que c'est faux. Il démontre simplement un paradoxe en confrontant l'infiniment petit à notre monde à nous. Si la physique quantique est correcte, dans la boîte, le chat est mi-mort, mi-vivant… Évidemment, ce n'est pas possible. Ou alors, il faut reconsidérer toute notre conception de la réalité. »

J'avais l'impression qu'elle parlait plutôt pour elle. J'avais tort. Finalement, elle s'est tournée vers moi.

« C'est un peu pareil avec votre fils, non ? Si on considère que la réalité est dépendante de l'observateur, pourquoi la sienne serait moins vraie qu'une autre ? »

Il y avait de la tendresse dans le fond de son regard. Quelque chose de chaud. J'ai murmuré :

« Oui, je crois que j'aime bien votre histoire de boîte... Même si je n'ai jamais aimé les chats. »

Elle a ri doucement.

« Vous savez, Schrödinger, ça marche sans doute aussi avec un chien. »

16

J'étais assis dans mon taxi. J'avais quitté Pierre deux heures plus tôt. C'était de plus en plus pénible. Le téléphone a sonné et je n'ai pas été surpris.

C'était le médecin. Elle m'a simplement demandé de venir à l'hôpital, elle a dit qu'il faudrait sans doute que je reste pour la nuit. Il n'y avait rien à ajouter. J'ai compris immédiatement. J'ai aimé la façon dont elle m'a parlé. Ce n'était plus vraiment professionnel.

J'ai éteint le lumineux – le trajet, je pouvais le faire seul. Ça n'avait plus aucune importance.

Je me suis garé sur le parking et je suis monté dans le bâtiment. Dans l'ascenseur, je me suis appuyé contre la paroi. J'ai inspiré longuement, je ne relevais plus aucune odeur. C'était normal, je m'habituais – déjà quatre mois que je venais ici. Le médecin m'a accueilli devant la salle de garde. Elle m'a donné quelques détails que je n'ai pas écoutés.

« Personne ne viendra vous déranger. » C'est tout ce que j'ai entendu.

J'ai poussé la porte. La chambre était claire, le soleil y jetait ses derniers rayons. Sur le lit, Pierre était allongé de trois quarts, un tube en plastique dans la bouche. Il m'a paru trop petit. J'ai refermé derrière moi et je me suis avancé. Dehors, deux voix s'affrontaient sur le parking. J'ai tiré la fenêtre et les cris ont disparu. J'étais devant le fauteuil. J'y avais passé tellement de temps ces derniers mois ; il m'aspirait. Je l'ai rapproché du lit et je m'y suis installé.

J'ai posé les yeux sur mon fils. J'ai pris le temps, je voulais le détailler. Il respirait difficilement. De longues pauses, puis le souffle redémarrait. Je l'ai trouvé beau, là, sur son lit ; d'une incroyable dignité. Ça se battait là-dedans. Je le voyais à son front plissé, ses traits crispés : une fureur indescriptible, un grand fracas. Un dernier coup pour l'honneur. Et mon Pierre, c'était un général. Un chef de guerre avec une classe hors du commun. « Jusqu'à la mort. » Je l'entendais crier d'ici.

J'ai frissonné. Je me suis rendu compte comme j'étais fier. Ce môme, c'était mon plus grand succès. Un truc à réussir sa vie. J'ai remercié Lucille du bout des lèvres. Ça n'a pas fait le moindre bruit mais c'était quand même important. J'ai pris sa main. Il a sourcillé légèrement et je me suis dit que peut-être il entendait. Ou alors qu'il me sentait. Ça suffisait. Alors j'ai parlé.

Je lui ai dit sa vie. Je lui ai tout raconté. Comment il avait fini ses études, le biologiste qu'il était devenu. Et puis cette fille. Un truc de dingue. Le choc dans sa poitrine lorsqu'il l'avait rencontrée. Belle comme la nuit, une merveille quoi. Leur bonheur quand ils avaient emménagé ensemble. Et leur fils, aussi. Ma fierté lorsqu'il me l'avait mis dans les bras. Moi, grand-père. Tu te souviens, Pierre, comme j'étais ému ? Je lui ai parlé des coups durs, bien sûr, parce que la vie c'est jamais exactement comme on l'aurait souhaité. Et comment il les avait tous surmontés. Ça l'avait laissé esquinté mais il s'était relevé. C'était devenu un homme extraordinaire avec le temps. Un type bien, courageux.

Et puis j'ai raconté l'écrivain. Ah ça oui, quel écrivain il était devenu ! Les livres qu'il avait publiés, son bonheur chaque fois le même. On était tous tellement fiers. Sa femme, ses enfants et moi. En fin de compte, elle n'avait pas été trop moche, la vie. Hein, mon Pierrot ? Et puis quand j'avais dû partir. Son chagrin terrible. Et comment je l'avais consolé en lui disant que c'était normal, que c'était dans l'ordre des choses et que c'était bien ainsi. Et comment je m'en allais heureux d'avoir eu un fils pareil.

J'ai parlé sans m'arrêter. Je lui ai tout dit, tout expliqué. Je lui ai rendu sa vie. Il fallait bien que quelqu'un lui rende. La nuit est descendue. Elle nous a pris comme ça, en train de tout rattraper. Elle s'est installée en silence et je crois qu'elle écoutait aussi. Elle m'a laissé remettre les choses à l'endroit, sans rien dire, sans me regarder de travers. Quand j'ai eu fini, elle s'est levée. Elle s'est étirée à l'infini, en souriant comme après une belle histoire. Elle m'a salué discrètement. Puis elle est partie avec mon fils.

17

Au matin, je suis monté dans la voiture. Je n'avais pas dormi. J'avais l'impression de flotter à côté de mon corps. J'ai roulé vite. C'était grisant. J'ai pensé que Lucille avait sans doute ressenti la même sensation avant de rater son dernier virage. Ça m'a fait plaisir. J'ai vu des flashs mais ce n'est pas important.

Je suis arrivé au bord de l'eau. Il faisait gris, la mer se couvrait de métal. Il n'y avait pas de vent, à peine un peu de houle. J'ai loué un Zodiac pour la journée. J'ai bien vu que le type était méfiant. Il m'a quand même filé les clefs. Il a dû se dire que ce n'était pas son problème.

Le moteur était puissant. Je n'ai mis que trois heures à rejoindre l'Île. Je me suis arrêté au milieu de la crique. Le pneumatique se balançait doucement. J'ai descendu l'ancre. Il y avait vingt mètres de fond. Je me suis allongé un moment pour faire le vide. C'était difficile, ça se bousculait dans ma tête. Il y avait trop d'images. Pierre. Lucille aussi.

J'ai soufflé lentement et j'ai senti que mon rythme baissait malgré tout. Je voulais que ça dure un peu.

Je me suis glissé dans l'eau, une main sur le bout qui courait le long du Zodiac. Ça tirait sous mes côtes. J'avais mis vingt kilos à la ceinture. Je n'avais ni combinaison ni palmes. J'avais froid mais c'est passé vite. Il y avait comme un aimant, il m'attirait vers le bas. Quand j'ai lâché le bateau, ça a été immédiat. J'ai chuté dans le vide, une descente en ligne droite. Peu à peu, j'ai ralenti. La pression a repris ses droits. J'ai décompressé et la ceinture est devenue plus légère. Il m'a fallu près d'une minute pour atteindre le fond.

Je suis allongé sur le dos. La colonne d'eau m'écrase, mais mon corps s'habitue doucement. Je n'ai fait aucun effort pour descendre, j'ai encore de la marge. Au-dessus de moi, la lumière vient mourir dans les premiers mètres. Il y a trop de particules en suspension.

Le ciel est blanc. C'est étrange. Il y a si longtemps que je n'avais pas levé la tête. Une ombre passe à ma droite. Je détourne les yeux, j'aperçois l'ancre. Elle est à quelques mètres. La chaîne traîne sur le fond puis remonte vers la surface. Au bout, le Zodiac dérive tranquillement. Il est flou vu d'ici. La surface déforme ses proportions. Il me semble qu'une mouette s'est posée à l'arrière, mais je ne suis pas sûr.

C'est peut-être le moteur que je vois sous un angle inattendu. D'ailleurs, je préférerais que ce soit le moteur. Je n'aime pas trop les mouettes.

Derrière vingt mètres d'eau et de poussière, il me semble que le monde se dilate. Il gonfle, il hésite. Je n'en fais plus vraiment partie. Je l'observe disparaître et c'est comme si je pouvais l'inventer. Parce que je ne le vois plus, j'en fais ce que je veux. D'ici je peux tirer des parallèles. Je les regarde filer vers l'infini et c'est beau à s'en crever les yeux. Il y a des éclats blancs. Il n'y a plus de mouette, plus de moteur. Je me sens bien.

Remerciements

Merci à Éléonore, Soazig et Vanessa
pour leur apport inestimable,

Merci à Alexis et Rosalie d'avoir
donné vie à l'hôpital,

Merci à Aïda, pour tout le reste.

13017

Composition
FACOMPO

Achevé d'imprimer en Espagne (Barcelone)
par BLACKPRINT
le 13 décembre 2020.

Dépôt légal : décembre 2020.
EAN 9782290238578
OTP L21EPLN002887N001

ÉDITIONS J'AI LU
87, quai Panhard-et-Levassor, 75013 Paris

Diffusion France et étranger : Flammarion